Inhalt

EDITION
Johannes Kuhn

Roland Kachler

Ängste sind menschlich

Erkennen – annehmen – überwinden

Quell

EDITION JOHANNES KUHN BAND 32

ISBN 3-7918-1832-5

1. Auflage 1995
Umschlaggestaltung: Klaus Dempel, Stuttgart
Umschlagmotiv: Werner Schmidt, Nürtingen
Gesamtherstellung: Maisch & Queck, Gerlingen

Unser Leben ist wie ein großer Bogen

Unser Leben spannt sich wie ein weiter Brükkenbogen zwischen Geburt und Tod. Von unserer Kindheit herkommend, schwingt sich unser Lebensbogen nach oben hin zu Lebensmitte. Alles liegt noch in der Morgensonne und in dem Licht der Mittagsstunde. Dann aber beginnt sich der Bogen wieder nach unten zu neigen. Abendrot fällt auf den Lebensweg. Hoffnungen, Wünsche, Träume treiben den Menschen auf diesem Weg voran. Aber auch Sorgen und Ängste sind Begleiter menschlichen Lebens. So entsteht die Sehnsucht, in einem Abschnitt des Lebens alles Schwierige und Belastende hinter sich zu lassen und aufatmen zu können. Die Zeit des Ruhestandes könnte diese Zeit sein. Und manche und mancher hoffen darauf, sagen zu können: »Endlich ist es geschafft!«

Die eigene Pensionierung oder die Berentung des Ehepartners zeigen es: der Feierabend des Lebens hat begonnen. An der Schwelle des Altwerdens blickt man auf eine Zeit der Ruhe, der Muße oder auch auf eine Zeit vieler Aktivitäten, zu denen man zuvor keine Zeit hatte. Der sogenannte »junge Alte« atmet auf: viele Mühen, alltägliche Verpflichtungen, viele Sorgen und Ängste liegen hinter ihm. Das ist die Chance in der ersten Phase des Alters: Vieles ist abgeschlossen und vorbei – um all das muß man sich keine Sorgen, keine Ängste mehr machen.

Angst entsteht immer dort, wo wir etwas wichtig nehmen und befürchten, dieses so Wichtige nicht zu erreichen oder wieder zu verlieren. In jüngeren Jahren nehmen wir vieles wichtig. Darum haben wir dann auch viele Sorgen und Ängste. Im Alter aber verliert vieles an Bedeutung und Gewicht. Was früher unbedingt nötig war – ein guter Beruf, materieller Erfolg, Anerkennung und Prestige – erscheint nun im Alter weniger bedeutsam.

Gelassenheit im Alter könnte darin begründet sein, daß der ältere Mensch befreit ist vom hektischen Alltagsgetriebe. Das Hetzen und Jagen nach Erfolg, nach Bestätigung und Anerkennung ist nicht mehr nötig.

Das Sorgen, das Sich-Ängstigen kann der alte Mensch nun den Jungen überlassen. Sie scheinen darin die Erfüllung des Lebens zu finden – für den älteren Menschen gehört dies glücklicherweise weitgehend der Vergangenheit an.

Bricht im Alter nun also das goldene Zeitalter an? Ein Altwerden ohne Ängste? Und hätten ältere Menschen das nicht auch verdient: ein

Altwerden ohne Ängste, ohne Sorgen? Haben sie schließlich nicht auch alles für ein sorgenfreies Alter getan, oft hart dafür gearbeitet? Vielleicht eine Wohnung gekauft, ein Haus gebaut, den einen oder anderen Spargroschen angelegt? Wäre es nun nicht mehr als recht und billig, ein sorgloses Alter erleben zu können?

Natürlich, kann man da nur sagen! Jetzt sollte man die Ernte einbringen, die Früchte des Lebens genießen – frei von Sorgen und Ängsten.

Die schönste Frucht, die es im Alter zu pflükken gilt, ist die Freiheit von Pflichten, das Freisein von Zwängen. Nicht mehr mit der Uhr leben zu müssen, ist Zeichen einer großen Ungebundenheit. Das Alter kann zu einem Freiraum werden mit ungeahnten Möglichkeiten. Eine Untersuchung an über siebzigjährigen Frauen zeigt, daß das Alter auch sehr viele positive Veränderungen mit sich bringt. So wurde bei sechzig Prozent von ihnen eine Erweiterung ihres Interessenhorizonts festgestellt. Fünfundsiebzig Prozent haben eine gelassenere, ausgeglichenere Lebenseinstellung gewonnen. Fünfundvierzig Prozent konnten im Alter einen abwechslungsreicheren Lebensstil entwickeln; fünfzig Prozent konnten eigene Talente entdekken und hatten mehr soziale Kontakte gesucht.

Das Alter kann tatsächlich eine Zeit der

Ernte sein, eine Zeit, in der die Früchte des Lebens geerntet werden, in der die Fülle der Ernte angenommen und gelebt werden darf.

Wunderschön ausgedrückt finden wir dieses Bild des Alters als Erntezeit in Hermann Hesses Gedicht »Spätsommer« wieder:

Noch schenkt der späte Sommer Tag um Tag
Voll süßer Wärme. Über Blumendolden
Schwebt da und dort mit müdem Flügelschlag
Ein Schmetterling und funkelt sammetgolden.

Wir Alten stehen erntend am Spalier
Und wärmen uns die sommerbraunen Hände.
Noch lacht der Tag, noch ist er nicht zu Ende,
Noch hält und schmeichelt uns das Heut und Hier.

Aber wer wachsam ist, der ahnt mitten in der Freude der Ernte schon etwas anderes. In der Fülle des Herbstes, in der Pracht seiner goldenen Früchte, seiner roten Blätter, seines milchig blauen Himmels kündigt sich schon etwas anderes an. Im Herbstlicht werden die Schatten länger, die Abende kühler, die Felder leer. Bei aller Freude und Dankbarkeit über die Früchte der Felder ist ein leiser Schmerz, eine stille Trauer nicht zu übersehen. Ein feine Wehmut liegt über der Fülle des Herbstes. Denn der Herbst ist immer auch Abschied vom Sommer des Lebens und Vorbereitung auf die dunkle und kalte Jahreszeit, den Winter.

In dem Gedicht »Herbstweh« von Joseph von Eichendorff kündigt sich im Herbst schon die dunkle Zeit des Winters an:

So still in den Feldern allen,
Der Garten ist lange verblüht,
Man hört nur flüsternd die Blätter fallen,
Die Erde schläfert – ich bin so müd'.

Es schüttelt die welken Blätter der Wald,
Mich friert, ich bin schon alt,
Bald kommt der Winter und fällt der Schnee,
Bedeckt den Garten und mich und alles, alles Weh.

Im Gedicht von Hermann Hesse wird noch beschrieben, wie der alte Mensch im warmen Sonnentag stehend mit seinen Händen die Früchte pflückt. Im Gedicht von Joseph von Eichendorff sind die Blätter schon welk. Ihr Fallen erinnert den Dichter an den bald kommenden Schneefall. Den alten Menschen friert es schon – auch das ein Vorbote des nahen Winters.

In die Zeit des Alters gehört beides: hoffentlich das Ernten im goldenen Licht des Herbstes, aber eben auch die dunkle und kalte Zeit des Winters. So wichtig und schön das Ernten sein mag, so unausweichlich steht nun die letzte Jahreszeit bevor. Auch sie will und muß gelebt werden – auch in ihren dunklen und kalten Aspekten. Vielleicht konnte das Einsammeln und Genießen der Früchte und Erträge des Lebens Vorbereitung und Zurüstung für diese Aufgabe sein. Denn Kraft und Mut der Seele ist es, was der alte Mensch in der kommenden Zeit des Winters braucht.

Das Altwerden selbst ist es, das bewältigt werden will. Der Abend des Lebens, seine langen Schatten und schließlich die Nacht des Sterbens wollen angenommen sein. Wie jeder Abend angstvolle Stimmung hervorrufen kann, so kann auch die Ankunft des Lebensabends uns beunruhigen. Wie jedes Dunkel, wie jede Nacht Unbekanntes und Unheimliches in sich trägt, so kann auch die Nacht des Sterbens uns in unserem tiefen Inneren ängstigen.

Ängste gehören auch zu der Lebensphase des Alters. Ängste gehören von Beginn an zum Leben – Ängste sind menschlich. Aber wie alles seine Zeit hat, so haben auch unsere Ängste ihre jeweilige Zeit. Wie sich das Gesicht des Menschen von Jugend an ständig wandelt, so verändert sich auch das Gesicht seiner Ängste im Laufe eines langen Lebens.

Warum gehören Ängste zum Leben?

Ohne Schatten kein Licht

Es sollen hier keine falschen Ängste geschürt werden, keine Drohungen an die Wand gemalt werden. Aber wer mit offener Seele, mit ihren Ahnungen und Träumen das Alter erlebt, kann sich auch vor den Nachtseiten nicht verschließen.

Nur wer die dunklen Seiten des Alters kennt, wird auch die Lichtseiten des Alters leben und schätzen können. Nur wer die Ängste des Alters für sich zuläßt und bewältigt, wird auch gelassene Heiterkeit und eine in der Tiefe gegründete Weisheit an sich erfahren.

Ein alte Frau erzählte mir, daß sie im Traum fast jede Nacht durch einen unheimlichen Wald gehen müsse. Voller Schrecken sah sie, wie auf sie große Tiere, Gespenster und dunkle Gestalten zukommen. Sie hatte Angst, daß ihr diese Ungeheuer etwas zuleide tun wollten. Doch zu ihrem Erstaunen geschah das nicht. Wenn sie diesen Gestalten ins Auge blickte, wichen sie vor ihr zurück.

Mit dem Gefühl, eine gefährliche Situation bewältigt zu haben, wachte die Träumerin in heiterer Gelassenheit auf. Nichts mehr war von der anfänglichen Angst im Traum zu spüren.

Wenn das Beängstigende angeschaut wird, und es so in das Licht unseres Wissens tritt, verliert es vielfach seine Bedrohlichkeit. Was ans Licht kommt, wird in seiner Gestalt, in seinen Umrissen sichtbar und erkennbar. Was aber sichtbar ist, dem kann begegnet und entgegengetreten werden.

In diesem Sinne soll in diesem Buch über die Ängste des Alters geredet werden: als Hilfe zum Umgang und zur Bewältigung der dunklen Seiten des Altwerdens. Deshalb ist das folgende sicher keine »fröhliche«, aber vielleicht eine entlastende Lektüre. Wer den Ängsten des Alters ins Gesicht schaut, kann leichter und gelassener mit ihnen umgehen. Er kann das, was kommt, offen und mutig anschauen, ohne daß er »blind vor Angst« gebannt wäre.

Sicherlich gibt es auch die andere Gefahr. Mancher alte Mensch kommt gar nicht los von seinen Ängsten und Befürchtungen. Er starrt wie gebannt auf mögliche Gefährdungen, auf die Beschwerden und die Beschwerlichkeiten des Alters. Er sieht nur das Schlimmste, was passieren könnte. Es sieht alles, was Angst auslösen könnte. Wie ein Schwamm saugt er alles auf, was seine Ängste weiter nähren könnte.

Sich Sorgen machen – die Betonung liegt auf »machen« – ist also durchaus etwas, was so mancher alte Mensch tut. Zu solch einem Tun will dieses Buch nicht anleiten.

Vielmehr umgekehrt: Wer die wirklichen Ängste des Alters anschaut, braucht nicht an den selbtgemachten Ängsten hängenzubleiben. Nicht um das dauernde Anstarren der Ängste geht es, wohl aber um das Anschauen.

Wer dies nicht tut, der will nicht sehen, daß es im Altwerden tatsächlich manch Beängstigendes gibt. Wer die Augen davor verschließt, will sein Altwerden nicht wahrhaben und wird verbissen dagegen kämpfen. Da solch ein Kampf nur verloren werden kann, bleibt am Schluß nichts als Verbitterung und Enttäuschung.

Auf dünner Eisschicht

Im aktiven Erwachsenenleben beschäftigen einen die kleinen und großen Alltagssorgen. Sie fordern oftmals alle Kräfte. Sie drücken auf die Seele, ja machen manchmal sogar blind für das Eigentliche im Leben, sie nehmen uns oft so sehr in Beschlag, daß keine Zeit bleibt, um die wesentlichen Fragen nach dem Sinn und Zweck menschlicher Existenz, nach dem Woher und Wohin des Lebens zu stellen. Man kann sogar sagen: die Alltagsängste decken die tieferen Ängste des Menschen zu. Vielleicht ist man aber auch ganz froh darüber. Die Alltagsängste dienen so oft zur Verdrängung der großen Lebensängste.

Im Alter kann sich das ändern. Der alte Mensch ist nicht mehr abgelenkt vom Vielerlei des Alltags, und sein Blick wird frei für das Wesentliche. Er kann sich besinnen auf das, was das Leben wertvoll und sinnvoll gemacht hat.

Wer in seinem Leben viel erlebt hat, der weiß aber auch, daß das Leben von Unfällen, Krankheiten, Schicksalsschlägen bedroht ist. Er hat so manchen jüngeren oder gleichaltrigen Menschen aus seiner nächsten Nähe an den Tod verloren. Er weiß, daß auch er es hätte sein können, der da allzu früh gehen mußte.

Das Alter öffnet uns die Augen dafür, daß das Leben brüchig ist wie eine dünne Eisschicht, auf der wir uns ganz selbstverständlich bewegen. Doch sie kann jeden Augenblick einbrechen. Der alte Mensch weiß dies. Er weiß auch, daß im Alter diese Eisschicht sehr dünn wird. Er ahnt, daß darunter das Dunkle liegt. Er kann zulassen, daß auch und gerade im Alter der Fall in die Tiefe, der Einbruch ins Dunkle, der Sturz droht.

Darauf machen die Ängste im Alter aufmerksam. Sie fordern auf, wahrzunehmen, wie wertvoll das Leben immer noch ist – auch im Alter. Der alte Mensch weiß, was ihn bedrohen und gefährden könnte. Er ahnt aber auch, was ihn trotz aller Gefahr bewahrt und beschützt.

In einer größeren Stadt fließt der Verkehr rasend und dröhnend die mehrspurige Straße entlang. Keinen Augenblick der Ruhe oder des Einhaltens scheint möglich zu sein. Eine hochbetagte Frau steht, vom langen Leben gebeugt, an einer Fußgängerampel. Doch sie betätigt nicht den Druckknopf dieser Ampel. Stattdessen erhebt sie ihre Hand. Dann macht sie einen zögernden, unsicheren Schritt auf die Straße. Die ersten Autos halten hupend an. Dann bleibt der Verkehr auf der ganzen Breite der Straße stehen. Mit erhobener Hand – wie einst Mose die Wasser des Meeres teilend – gebietet sie dem ungeheuren Verkehrsfluß Einhalt.

Beeindruckend und gefährlich zugleich erscheint dem Betrachter die Szene. Die Gestalt dieser alten Frau, ihr Mut wohl, ihre Ausstrahlung trotz ihres gebeugten Rückens – das alles schützt sie. Und zugleich empfindet man Angst, sie so dem Verkehr ausgeliefert zu sehen. Ob sie wohl selbst Angst empfindet? Eher scheint es so, daß sie in dieser gefährlichen Situation auf ihre Kraft und Ausstrahlung vertraut und daß sie damit ihre Ängste überwunden hat.

Warnsignale der Seele

Mancher wird sich fragen, warum wir auch noch im Alter von Ängsten geplagt werden sollen. Reicht es nicht, daß wir schon im ganzen bisherigen Leben genügend Sorgen und Ängste hatten? Manch einer hält Ängste für sinnlos, gerade auch solche, die im Alter auftreten. Wer aber den Sinn von Ängsten, auch den Altersängsten sehen und verstehen kann, der braucht nicht Angst zu haben vor der Angst. Ängste sind dann nicht mehr nur lästige Begleiterscheinungen, sondern sie haben dann eine Bedeutung für uns. Sie können hilfreiche Wegbegleiter auch auf dem letzten Wegabschnitt eines Menschen werden.

Jede Angst hat den Sinn, uns auf eine Gefahr aufmerksam zu machen. Dann können wir uns der Gefahr stellen, sie beseitigen oder vor ihr fliehen. Jede Angst ist also ein Warnsignal unserer Seele mit der deutlichen Aufschrift »Achtung! Gefahr!«

Wir alle kennen die Angst vor einer unangenehmen Prüfung. Wir haben vielleicht die Vorbereitungen immer wieder aufgeschoben. Die Angst aber – so sagen wir – macht uns dann Beine, je näher der Prüfungstermin herankommt. Unsere Angst nötigt uns, die Prüfung ernstzunehmen und uns auf sie vorzubereiten.

Die Ängste im Alter sagen uns, daß wir uns auf eine letzte, sehr große Prüfung vorzubereiten haben. Die Ängste im Alter führen uns vor Augen, daß wir uns am Lebensabend befinden, daß sich der lange Tag unseres Lebens dem Ende zuneigt und es Abend werden will. Die letzte und vielleicht wichtigste Prüfung kommt nun heran: unser Sterben und unser Tod.

Der alte Mensch kann nicht mehr leugnen, daß er sich nun mit seinem Altwerden auseinandersetzen muß.

»Jetzt«, so will die Angst in uns sagen, »gilt es, dem Alter ins Gesicht zu schauen. Jetzt mußt du dich dem Altwerden stellen. Jetzt hast du noch Zeit, dich vorzubereiten. Wach auf! Eines Tages ist es zu spät. Dann hast du dich nur mit dem alltäglichen Kleinkram abgegeben. Du hast es versäumt, dich auf eine wichtige Prüfung vorzubereiten.«

Sicher gibt es keine Zensuren für das Bestehen der letzten Lebensprüfung. Es geht nicht um eine Schulleistung. Wohl aber stellt sich die Frage, ob wir unsere letzten Tage und Stunden ganz bewußt annehmen können. Das Altwerden und Sterben gehören zum Leben wie unsere Geburt und Kindheit auch. Anfang und Ende, Geburt und Tod, Kindheit und Alter umfassen unser Leben wie zwei Klammern. Sie halten das Leben zusammen und machen aus unserem Dasein erst menschliches Leben. So wie am Beginn eines Tages der Morgen steht, so steht an dessen Ende der Abend. Der Tag fängt mit dem Aufgang der Sonne an und endet mit deren Untergang – das Leben des Menschen beginnt mit seiner Geburt und seiner Kindheit und findet sein Ziel im Altwerden und im Sterben. Beides gehört zum Ganzen des menschlichen Lebens. Mit unserer Geburt öffnet sich der Kreis und mit unserem Lebensende schließt er sich, wird er ganz, wird er vollends rund.

Jede Lebensphase hat ihre besonderen Herausforderungen und Entwicklungsaufgaben. Die Aufgabe des Alters ist: Können wir unser Sterben als einen Teil des Lebens annehmen? Können wir den Tod annehmen, ja können wir uns mit ihm als Teil des Lebens anfreunden? Können wir auch in diesem Teil unseres Lebens noch etwas Neues, etwas Unverwechselbares entdecken? Sind wir bereit, uns auch im Sterben noch etwas lehren zu lassen, etwas zeigen zu lassen?

Doch nicht alle Ängste im Alter sind bei näherer Betrachtung hilfreich für die Bewältigung der Entwicklungsaufgaben des Alters. Unangemessene oder übertriebene Ängste lähmen die Seele. Oft beherrschen sie das Denken und Fühlen eines alten Menschen so sehr, daß sein Alltag zu Qual wird. Diese Ängste machen sich nicht an konkreten und nachvollziehbaren Gefahren fest. Sie sind für Außenstehende nicht zu verstehen, weil sie unangemessen groß oder gar unrealistisch erscheinen.

Drei Jahre nach dem Tod ihres Mannes hat eine 73jährige Frau die große Angst, daß ihr das Grab ihres Mannes von der Stadt weggenommen werden könnte. Alle Argumente und Überzeugungskünste ihrer Kinder können sie von ihrer Sorge nicht abbringen. Auch der »Beweis« mit entsprechenden Schriftstücken kann ihre Angst nicht entkräften. Hier wird deutlich, daß die Ängste nicht durch eine äußere Gefahr, sondern aus dem Inneren, aus der Seele dieser Frau entstehen.

In psychotherapeutischen Gesprächen wird der Frau bewußt, daß sie den Tod ihres Mannes noch nicht verarbeitet hat. Sie hatte auch zu dessen Lebzeiten immer schon die Angst, ihn zu verlieren. So hatte sie eine übergroße Bindung und Abhängigkeit zu ihm entwickelt. Nach dem Tod war das Grab für sie das letzte greifbare Zeichen von ihrem Mann, an dem sie festhalten konnte. Ihre Angst vor der Enteignung des Grabes war also Ausdruck ihrer über den Tod hinaus anhaltenden Abhängigkeit.

Solche unangemessenen, oft übergroßen Ängste haben meist einen sogenannten neurotischen Hintergrund. Damit ist gemeint, daß die Wurzel dieser Ängste in einem ungelösten Problem oder Konflikt der Seele liegt. Meist ist dem Betreffenden gar nicht bewußt, welches ungelöste Problem in der Tiefe lauert und sich als unangemessene Angst bemerkbar macht.

Auch solche Ängste haben natürlich ihren Sinn. Doch dieser ist oft schwer zu verstehen, weil die Ursache im Dunkel des Unbewußten liegt. Diese Ängste fordern dazu auf, sich auf die Suche nach alten, verdrängten Konflikten in der eigenen Seele zu machen. Auch das könnte Aufgabe und Chance des Alters sein.

Jeder hat im Laufe seines Lebens manches ungelöste Problem und manchen inneren Konflikt zunächst verdrängt und bis ins Alter mitgeschleppt. Was in den vielen Alltagsaufgaben des zurückliegenden Lebens lange verdeckt blieb, kann nun im Alter aufbrechen. Sehr häufig wird dies durch den Tod des Partners, den nicht bewältigten Abschied von ihm und durch das Alleinsein im Alter ausgelöst. Dazu kommt, daß das Alter manche Charakterzüge nun deutlicher und schärfer hervortreten läßt – eben auch die Tendenz zur Ängstlichkeit.

Wenn Ängste zu mächtig werden

Das Wohlbefinden im Alter hängt ganz wesentlich davon ab, ob es gelingt, übergroße, unangemessene Ängste zu vermeiden. Solche Ängste haben die Tendenz, sich auszubreiten und stärker zu werden.

Eine ältere Frau lebte nach dem Tode ihres Mannes allein in einem geräumigen Haus. Ihre Ängste begannen damit, daß sie die Sorge hatte, beim Weggehen die Haustüre nicht richtig abzuschließen. Immer wieder mußte sie kontrollieren, ob sie den Schlüssel auch umgedreht hatte.

Bald hatte sie auch die Befürchtung, daß sie beim Weggehen das Abschalten des elektrischen Herds vergessen hätte. Nur kurz konnte sie ihre Angst durch mehrmaliges Nachschauen beruhigen. Bei jedem weiteren Weggehen wurde sie unruhiger und unsicherer. Ängste vor einem Einbruch oder einem Wasserschaden kamen hinzu, so daß sie bald gänzlich darauf verzichtete, länger weg zu bleiben. Besuche bei Bekannten und im Altenclub gab sie auf. Ihre Ängste reduzierten ihren Lebenskreis zusehends; sie wurde immer stärker an ihr Haus gebunden.

Ihre Tochter, der sie von ihren zunehmenden Ängsten erzählte, versuchte vergeblich, ihrer Mutter die Grundlosigkeit dieser Ängste zu beweisen. Als auch gutes Zureden nicht half, empfahl sie ihrer Mutter Gespräche an der Beratungsstelle. Dabei wurde deutlich, daß die alte Frau in ihrem Leben schon immer mit dem Schlimmsten gerechnet hatte. An der Seite ihres Mannes konnte sie ihre Ängstlichkeit noch im Zaum halten, nun aber war sie mehr und mehr ihrem Gefühl der Bedrohung ausgeliefert. In den Beratungsgesprächen erkannte sie den Zusammenhang zu einem lange zurückliegenden Ereignis: Sie hatte als Kind miterlebt, wie der elterliche Bauernhof brannte. In ihren kindlichen Phantasien hatte sie geglaubt, wenn sie nur wachsam gewesen wäre, hätte sie den Brand verhindern können. Diese Katastrophe hatte in ihrer Seele eine starke Furchtsamkeit und übergroße Vorsicht zurückgelassen, obwohl sie sich nur selten bewußt an das Ereignis erinnerte.

Hier wird deutlich, daß zum einen die Lebensumstände dieser alten Frau und zum anderen ihre in einer Kindheitserfahrung begründete Ängstlichkeit das Entstehen einer starken Angstsymptomatik im Alter bewirkten.

Neben den psychischen Hintergründen, sind es aber auch die zunehmenden körperlichen Einschränkungen und Gebrechlichkeiten, die Ausgangspunkt für die Entwicklung von Ängsten im Alter werden können.

Manche Ängste im Alter werden durch das Nachlassen der Hör-und Sehkräfte verursacht. Hören und Sehen vermitteln dem Menschen viele verschiedene Sinneseindrücke. Sie zeigen ihm die Welt und ihre Gefahren. Wer die Gefahren wahrnimmt, kann sich gegen sie schützen. Lassen im Alter Augen und Ohren nach, wird man verunsichert. Der alte Mensch muß sich dann ständig fragen, ob er an einem Ort sicher ist. Er versucht dann angestrengt, wachsam und auf der Hut zu sein. Damit aber wird er rasch noch ängstlicher.

Nicht wenige alte Menschen befürchten dann Gefahren und Bedrohungen, die es so gar nicht gibt. Sie glauben, von Nachbarn, Unbekannten oder gar von fremden Mächten bedroht oder verfolgt zu werden. Sie sind ständig einem unangenehmen Bedrohungsgefühl ausgesetzt, dem sie sich nicht entziehen können.

Andere wieder fühlen sich von anderen Menschen belogen oder hintergangen. Sie werden sehr mißtrauisch gegenüber Menschen, schließen sich dann ab und meiden alle Kontakte.

Solche übergroßen Ängste sind vor allem bei alten Menschen anzutreffen, die wenig Kontakt zu anderen haben. Sie können ihren eigenen Wahrnehmungen nicht mehr trauen. Sie hören dann dort Geräusche, wo es gar keine gibt. Sie sehen dort Gefahren, wo gar keine lauern. Wenn sie etwas verlegt haben, verdächtigen sie andere. In ihrer Angst entwickeln sie eine eigene, einsame Phantasiewelt, in der es viele Gefahren gibt. Diese Phantasieängste aber werden für den Betroffenen ohne Kontakt nach außen immer realer. Seine Phantasiewelt der Ängste wird für ihn zur einzigen Welt, die er erleben kann. Und so wie er sie erlebt, so ist sie für ihn auch wahr und wirklich.

In Gesprächen können wir hingegen unsere Wahrnehmungen überprüfen. Andere Menschen sagen uns, was sie sehen und hören. Man redet darüber, wie schön die Blumen im Zimmer sind, wie das Wetter heute und wie alles aufgeräumt ist. In einem Gespräch werden sehr viele solcher kleinen Wahrnehmungen und Tatsachen ausgetauscht. Dann merkt der alte Mensch, daß seine Beobachtungen trotz der schlechten Augen und Ohren immer noch stimmen. Er braucht sich nicht zu ängstigen, daß er etwas nicht mehr sehen oder hören würde. Er spürt, daß er sich trotz aller nachlassenden Fähigkeiten immer noch ganz gut auf seine Sinne verlassen kann.

Auch bei Gesprächen über das, was in der Nachbarschaft, im Ort und Stadtteil, oder auch im Fernsehen und in der Politik geschieht, bleibt der alte Mensch im Kontakt mit der Wirklichkeit. Er nimmt dann wahr, daß er die Dinge doch noch besser mitbekommt und versteht, als er vielleicht zunächst befürchtete.

Dies ist eines der vielen Argumente dafür, daß man im Alter Bekanntschaften und Kontakte pflegen sollte. Gespräche und Begegnungen schützen vor Angstsymptomen und anderen psychischen Erkrankungen. Eine Untersuchung an älteren Menschen hat folgendes gezeigt: Zwei Drittel der Senioren, die nur zwanzig Kontakte im Monat hatten, waren an Depressionen erkrankt. Bei Senioren, die mehr als einhundertundzwanzig Kontakte hatten, waren nur zwölf Prozent depressiv.

Andere Menschen sind also ein Heilmittel. In Gesprächen und Begegnungen spürt man die eigene Lebendigkeit. Der alte Mensch wird dabei zur sozialen Aktivität herausgefordert. Er muß auf sein Gegenüber reagieren und ihm antworten. All das schützt vor unangemessenen Ängsten und vor Depressionen.

Eine weitere Befürchtung, nämlich die Angst vor Verarmung und Armut im Alter, kann nicht einfach von der Hand gewiesen werden.

Zwar sind die jüngeren Alten bis zum Alter von 70 Jahren finanziell meist sehr gut abgesichert, insbesondere dann, wenn der Ehemann noch lebt. Aber die Hochbetagten sind häufig von Armut betroffen. Ein Viertel der 70 bis 75jährigen kann sich nur das Lebensnotwendige leisten. Vor allem alleinstehende alte Frauen leben oft an der Armutsgrenze. Diese Armut wird in den Statistiken nicht richtig erfaßt und ist wenig bekannt. Viele ältere Menschen scheuen den berechtigten Gang zum Sozialamt. Sie würden bei der – auch berechtigten – Inanspruchnahme von Sozialhilfe in ihren Augen ihre Selbstachtung verlieren.

Viele alte Menschen fürchten zudem bei den Diskussionen über das Gesundheitswesen um ihre medizinische Versorgung. Auch diese Furcht ist nachvollziehbar, sind doch besonders die Hochbetagten auf eine gute ärztliche Versorgung angewiesen.

Allerdings entwickeln manche alte Menschen Angst vor Verarmung, obwohl sie finanziell genügend abgesichert sind. Alle Beteuerungen der Angehörigen und alle Belege der Bank können diese Angst nicht ausräumen. So mancher alte Mensch legt Geldverstecke an, von denen kein anderer Kenntnis hat. Diese Notgroschen – oft auch in Erinnerung an die Verhältnisse der Kriegs- und Nachkriegszeit – sind der Versuch, sich gegen eine plötzliche Not abzusichern. Da der alte Mensch sich kein Geld mehr durch Arbeit erwirtschaften kann, ist das Sparen, oft auch das übertriebene Sparen, die einzige Möglichkeit, sich ein Sicherheitspolster zu verschaffen.

Angesichts möglicher körperlicher Gebrechlichkeit ist das Geld noch das letzte verbleibende Mittel gegen das Gefühl der Hilflosigkeit. Mit Geld, so meinen manche, könnten sie zur Not immer noch etwas ausrichten.

So verständlich dies ist, macht doch eine falsche Angst vor Armut manchen alten Menschen geizig. Er verschließt sich aus Angst vor der Zukunft das Leben heute. Er verweigert sich selbst die kleinsten Annehmlichkeiten. Er gönnt sich auch keine kleine Freude, kann sich selbst nicht einmal verwöhnen und sich etwas Gutes tun. Dies freilich ist der beste Boden für Unzufriedenheit und Verbitterung.

Eine weitere Angst nimmt im Alter ebenfalls oft irreale Züge an. Es ist die Angst vor Krankheit und Erkrankungen. Viele Beschwerden und Erkrankungen führen dazu, daß wir im Alter sorgfältiger unseren Körper und die Körperfunktionen beobachten. Das ist auch richtig und hilft, frühzeitig auf mögliche Symptome von Krankheiten aufmerksam zu werden. Durch einen achtsamen und liebevollen Umgang mit dem gebrechlich gewordenen Körper kann sich der alte Mensch sehr viel Gutes tun. Die sorgsame Pflege des Leibes hält auch die Seele gesund.

Freilich kann die Sorge um den eigenen Körper auch ins Gegenteil umschlagen und selbst zu einem psychischen Problem, den hypochondrischen Ängsten, werden.

Bei alten Menschen, die nur noch wenige Interessen und Kontakte haben, wird die Selbstbeobachtung immer wichtiger. Schon kleine Anzeichen von Unwohlsein genügen dann, um Befürchtungen heraufzubeschwören. Was stimmt denn nicht mir mir? War das früher nicht anders? Was habe ich jetzt? Kann das nicht etwas ganz Schlimmes sein?

Diese Ängste machen unsicher und führen dazu, daß man nur noch genauer in den Körper hineinhört. Der alte Mensch findet dann immer wieder Anhaltspunkte dafür, daß er wirklich krank sein müßte. Seine möglichen Krankheiten werden zum wichtigsten Thema. Das Denken und Sorgen kreist um die vielfältigen Beschwerden und Symptome, um Arztbesuche, Diagnosen und Arzneimittel. Auch in Gesprächen wird nur noch über diese Problematik geredet; andere Themen scheinen den alten Menschen gar nicht mehr zu interessieren. Zunächst erhält er durch seine Krankheit auch die Aufmerksamkeit der anderen. Sie versuchen mitzufühlen und machen sich ebenfalls Sorgen. Merken die Gesprächspartner aber, daß immer neue, oft auch übertriebene Befürchtungen geäußert werden, fühlen sie sich zunehmend unwohl und überfordert und wenden sich oftmals ab.

So mancher dieser alten Menschen versucht, seine Ängste in den Griff zu kriegen, indem er sich immer wieder gründlich untersuchen läßt. Aber auch nach beruhigenden Diagnosen bleiben die Ängste, weil nicht sein kann, was nicht sein darf. Der Arzt könnte etwas übersehen haben, er könnte nicht die Wahrheit sagen wollen oder eine Untersuchung könnte falsch durchgeführt worden sein. Auch der Wunsch nach immer neuen Medikamenten ist in dieser Angst vor Krankheiten begründet. Wagt ein Arzt anzudeuten, daß der Patient körperlich nicht ernstlich erkrankt ist, reagiert der Betroffene oft ärgerlich und wechselt den Arzt.

Es sei nochmals gesagt: Die Sorge um den eigenen Körper ist verständlich. Gibt doch der Körper im Alter zunehmend Anlaß zur Sorge. Und doch ist es ein Alarmzeichen, wenn man sich immer häufiger vor Krankheiten ängstigt, sich in allen körperlichen Regungen beobachtet und das Thema »Krankheit« zum wichtigsten Thema wird.

Deshalb ist es wichtig, daß der alte Mensch einen guten Hausarzt hat, dem er vertrauen kann. Dieser kennt seinen Patienten schon lange, mit der Geschichte seiner Krankheiten und seiner persönlichen Lebensumstände ist er vertraut. Er kann dann auch einschätzen, wo man sich berechtigte Sorgen machen muß und wo nicht. Ein guter Hausarzt wird den alten Menschen immer auch in seiner persönlichen Entwicklung betreuen und begleiten. Schon dies hilft, die Sorgen um die Gesundheit im richtigen Maß zu halten.

Auch die bei alten Menschen häufig vorkommende Angst, das Opfer einer Straftat zu werden, ist gut nachvollziebar. Diese Angst ist bei älteren Menschen stärker ausgeprägt als bei jüngeren Bevölkerungsgruppen.

Dies hat seinen guten Grund: Ältere Menschen sind verletzlicher, können sich weniger wehren und sind leichter zu täuschen. Auch leiden sie unter den körperlichen, seelischen und finanziellen Schäden einer sie betreffenden Straftat stärker. Der unwiderbringliche Verlust eines persönlich wertvollen Erinnerungsstücks bei einem Einbruch kann für einen älteren Menschen sehr gravierend sein. Aber auch das Eindringen in die Privatsphäre hat eine lange nachwirkende Verunsicherung und das Gefühl des Ausgeliefertseins und der Schutzlosigkeit zur Folge. Insbesondere ältere Frauen leiden darunter oft noch lange Zeit und entwickeln Ängste, die zu einem Rückzug führen.

Freilich kann auch diese Angst vor kriminellen Übergriffen übertriebene Züge annehmen. Manche alten Menschen ziehen sich aufgrund dieser Angst gänzlich zurück und schränken ihren Lebensradius völlig ein.

Die Statistik zeigt, daß alte Menschen nicht stärker als andere von Kriminalität und Gewalt betroffen sind. Sie werden allerdings öfter Opfer bestimmter Delikte wie Handtaschenraub oder Betrügereien an der Haustür. Hier können sich ältere Menschen gezielt durch eigene Vorsicht schützen. So sollte wenig Bargeld im Haus oder in der Handtasche aufbewahrt werden. Geschäfte an der Haustüre sollten gänzlich unterlassen werden; unbekannte Personen sollten auch bei einem scheinbar triftigen Grund nicht in die Wohnung hereingebeten werden.

Der enge Kontakt zur Nachbarschaft stellt einen weiteren wichtigen Schutz dar. Das subjektive Gefühl von Sicherheit, das im Alter so wichtig ist, erhalten alte Menschen am besten dadurch, daß sie sich in eine gegenseitige Nachbarschaft einbinden lassen. Dazu gehört freilich, daß auch ältere Menschen ihrerseits auf jüngere Nachbarn zugehen und den Kontakt pflegen.

Man kann nochmals mit Nachdruck sagen: Andere Menschen sind die »beste Medizin« gegen unangemessene, übergroße Ängste des Alters. Auslöser für solche Ängste gibt es, wie wir gesehen haben, im Alter reichlich. Das Gespräch, der Kontakt, die Begegnung mit anderen kann helfen, solchen Ängsten schon am Beginn ihres Entstehens entgegenzutreten.

Hat sich allerdings einmal eine Angstsymptomatik entwickelt, reicht das Gespräch mit Kindern, Verwandten oder Nachbarn nicht mehr aus. Auch angstdämpfende Medikamente können wegen ihren Nebenwirkungen nur eine vorübergehende Hilfe sein. Sie stellen in der Regel auch keine ursächliche Therapie dar, weil sie die hinter den Ängsten stehenden Probleme nicht lösen. Obwohl viele Ärzte dies wissen, sehen sie oft keine andere Möglichkeit, als Medikamente zu verschreiben.

Noch ist zu wenig bekannt, daß psychotherapeutische Gespräche auch für alte Menschen mit Ängsten und anderen seelischen Problemen die geeignete Hilfe darstellen. Für die psychotherapeutische Aufarbeitung gibt es keine Altersgrenze: vorausgesetzt wird nur der eigene Wunsch und die Fähigkeit, sich selbst und das eigene Leben anzuschauen und aufzuarbeiten.

Die Bewältigung von unangemessenen, in der Phantasie zu groß gewordenen Ängsten befreit dazu, sich den eigentlichen Ängsten des Alters zu stellen und sie als bewußte Herausforderung anzunehmen.

Wo haben Ängste ihren Ursprung?

Vom Säugling zum alten Menschen

Wer die Ängste im Alter genauer betrachtet, macht folgende, vielleicht überraschende Entdeckung: Die Ängste am Ende eines langen Lebens gleichen ganz verblüffend den Ängsten zu Beginn des Lebens. Im Alter werden die ganz frühen Ängste unserer Kindheit wieder wach. Es sind die Ängste vor dem Allein-Sein und dem Verlassenwerden, die Angst vor Trennungen und Verlusten, die Angst davor, nicht mehr geliebt zu werden, nicht mehr dazuzugehören und nicht mehr gebraucht zu werden.

Als Kind erlebten wir solche schmerzlichen Situationen glücklicherweise meist nur sehr kurz. Oft war ein Erwachsener da, der uns in die Arme genommen und getröstet hat. Aber schlimm genug war es für uns als Kinder dennoch: allein im dunklen Zimmer zu sein, in einer fremdem Umgebung verlorenzugehen, bestraft zu werden und sich dabei von keinem Menschen mehr geliebt zu fühlen. Wir haben diese Momente gefürchtet. Die Angst erschien wie ein Ungeheuer, das uns ganz und gar ergriff.

Wir haben diese frühen Ängste tief in unserer Erinnerung aufbewahrt. Mit zunehmendem Alter konnten wir uns selbst vor solch angstvollen Situationen schützen – jedenfalls weitgehend. Wir haben also in unserem Erwachsenenleben die unangenehmen, bedrängenden Angstgefühle aus unserer Kindheit verdrängt – soweit es sich machen ließ. Nun aber im Alter stehen wir vor ganz ähnlichen Situationen wie damals als Kind. Schmerzliche Trennungen und Abschiede, das Alleinsein, das Nicht-Gebrauchtwerden sind nun ganz konkrete Erfahrungen.

Dabei gleichen sich der ganz alte und der ganz junge Mensch in einem Punkt: Beim einen sind die Kräfte und Fähigkeiten noch ganz gering, beim anderen lassen sie allmählich nach. Weil das Kind noch nicht alle Fertigkeiten zur Bewältigung des Lebens hat, ist es auf den Schutz und die Hilfe anderer angewiesen. Weil der alte Mensch nicht mehr alle Kräfte besitzt, braucht auch er die Unterstützung und die Sorge der nun Jüngeren.

In der Phase der Kindheit und in der Zeit des hohen Alters ist der Mensch so gefährdet und ausgeliefert wie sonst nie in seinem Leben. Das erklärt, warum der ganz junge und der alte Mensch ähnliche Ängste erleben.

Die Zeit des Kindseins und des Altwerdens

gehören also zusammen. Die beiden Lebensphasen an den Begrenzungen unseres Lebens – Geburt und Tod – sind Zeiten, in denen der Mensch sehr verletzbar und gefährdet ist.

Bei der Geburt erlebt der Mensch zum ersten Mal, gleich mit Beginn des Lebens Angst. Die Erfahrung der Geburt ist für das Neugeborene überwältigend und beängstigend zugleich. Es muß das bisherige Paradies des Mutterleibes verlassen. Der Weg durch den engen Geburtskanal ist sehr bedrohlich. Und dann steht schon die erste große Trennung an: Die Nabelschnur, die unmittelbare Verbindung zur Mutter wird durchgeschnitten. Die Versorgung mit Sauerstoff wird unterbrochen, und der Säugling ist bis zum ersten eigenen Atemzug einen Moment ohne Luft. Und auch das mag dem Säugling angst machen. So ist alle Angst im Grunde nichts anderes als eine Trennungsangst, die der Mensch bei seiner Geburt erlebt.

Immer wieder müssen wir Bekanntes hergeben. Immer wieder müssen wir die Geborgenheit verlassen. Immer wieder müssen wir uns trennen und haben Angst vor dem Unbekannten.

Auch der Tod – die letzte große Grenze des Lebens – bringt Trennung und Abschied mit sich. Wir müssen das uns so Bekannte verlassen. Das macht angst wie damals unsere erste große Trennung von der Mutter. Der Mensch muß einen Schritt über die Grenze ins Unbekannte tun. Und auch das macht angst.

Grenzen – unüberwindliche wie Geburt und Tod zumal – lösen also in uns sehr tief reichende und alte Ängste aus. Das ist Grund und Aufforderung genug, sich mit diesen Ängsten zu beschäftigen. Gerade auch deshalb, weil die letzte Grenze unausweichlich ist. Ihr geht der Mensch entgegen, an sie wird er kommen – das wissen wir jetzt schon.

Jede Grenze zeigt, daß hier etwas Bekanntes aufhört und wir nicht wissen, was auf der anderen Seite sein könnte. Vielleicht ist es nur die Leere, das Nichts? Das Unbekannte, das Dunkle jenseits der Grenze macht uns angst. Wir würden gerne auf die andere Seite hinüberschauen und wissen, was dort ist – und doch scheuen wir zugleich davor zurück.

Bei der Geburt, beim Eintritt ins Leben, kennen wir das Woher nicht. Beim Lebensende, dem Tod, kennen wir das Wohin noch nicht. Woher und Wohin aber sind Grundfragen unseres Menschseins. Diese Fragen gehen im Alltag des Erwachsenenlebens unter. Im Alter aber stellen sie sich erneut. Die Ängste des Alters weisen uns auf diese Fragen hin. Sie werden nun als ganz nahe und unabweislich erlebt: Was wird aus mir? Wo geht die Reise hin? Was liegt jenseits der großen Grenze Tod?

Ein Mann war sein Leben lang unterwegs. Viele Gefahren und Abenteuer hatte er bestanden. Nun war er müde und erschöpft. Er wollte ausruhen. Da kam er zu guter Letzt an eine großen, breiten Fluß. Der gewaltige Strom mit seinem reißenden Wasser war unheimlich. Der müde Reisende versuchte, auf das andere Ufer zu schauen. Doch so sehr er sich auch mühte, es war nichts zu erkennen. Da entdeckte er unten, an seiner Uferseite einen Fährmann. Er schien gelangweilt auf Fahrgäste zu warten.

»Was ist das für ein großer Strom?« fragte der Reisende den Fährmann.

»Hier endet das Leben«, war die knappe Antwort.

»Kann man den Fluß überqueren?«

»Ja. Eines Tages mußt du da hinüber.«

»Dann will ich das noch heute tun. Bring mich hinüber«, war die Bitte des Reisenden.

»Nein. Du hast noch etliche Tage Zeit. Schau jeden Tag hinüber.«

»Warum soll ich das tun? Ich sehe ja doch nicht, was da drüben liegt.«

»Das stimmt«, antwortete der Fährmann,

»Doch nach langer Reise ist das Hinüberschauen das, was dir bleibt.«

Der Fährmann schwieg und fuhr dann fort: »Noch eines will ich dir sagen: Nun ist nicht wichtig, was du von da drüben siehst. Wichtig ist, was du von da drüben glaubst zu sehen.«

Könnte nicht auch dies das Abenteuer des Alters sein, daß ich mich mit den Grenzfragen des Lebens beschäftigen muß? Aber auch: Nun kann ich mich endlich mit diesen Fragen, mit mir selbst und meinem Glauben beschäftigen. Nun kommen die letzten Dinge in den Blick. Nun bin ich selbst gefragt – in meinem Glauben und Hoffen.

Im Alter kann und muß der Mensch seinen uralten Ängsten ins Auge schauen. Als Kind war er diesen Ängsten ausgeliefert. Nun aber kann er bewußt damit umgehen. Was ihm in seiner Kindheit nur als ungeheure Not erschien, kann im Alter als Herausforderung verstanden werden. Die Erfahrungen eines langen Menschenlebens geben die Reife und die Kraft für die Bewältigung dieser Ängste.

Der Gang des Buches folgt nun den verschiedenen Angstthemen, wie wir sie alle in unserer Kindheit schon erlebt haben, um dann jeweils die Verbindung zu den Ängsten des alten Menschen zu ziehen.

Zu einer der frühesten Bedrohungen des Kindes gehört das Erlebnis, daß es – auch nur für eine kurze Zeit – alleingelassen wird. In solchen Situationen, die jedes Kind erlebt, entsteht die sehr früh verankerte Verlassenheitsangst. Die Erfahrung, von allen verlassen und sich selbst überlassen zu sein, ist das Schlimmste, was ein Kind erleben kann. Alleinsein heißt doch für das Kind letztlich, daß es sterben muß, weil es sich nicht selbst versorgen kann. Das Kind erlebt diese Verlassenheitsängste daher als Todesängste, es stürzt in eine Nacht ohnmächtiger Angst und größter Verzweiflung.

Alleinsein – auch das Alleinsein im Sterben – das gehört vielfach zum Alter. Oft sind Partner, Freunde, Nachbarn nicht mehr da. Die Kinder und Enkelkinder sind so mit sich beschäftigt, daß sie kaum noch Zeit haben. Sicherlich ist es eine wesentliche Aufgabe gerade der jüngeren Alten, daß sie Bekanntschaften und Freundschaften pflegen, um möglichst lange im Kontakt, und sei es nur am Telefon, mit anderen zu bleiben. Doch besonders für sehr alte Menschen sind Einsamkeit und Isolation ein Teil des Altwerdens, spätestens dann, wenn sie an der Schwelle des Todes stehen. Wer hätte nicht

Angst vor der bedrohlichen Stille und Leere des Alleinseins? Wem ist nicht bange, oft ganze Tage allein in der Wohnung zu sein?

Zwar nutzen heute die meisten alten Menschen die Medien wie Radio, Fernsehen und Zeitungen, um den Kontakt nach außen zu halten und das Alleinsein zu mildern. Doch sind diese nur ein unzureichender Ersatz für das direkte Gespräch und die Begegnung mit anderen.

Manchmal wählen alte Menschen aber auch ganz bewußt das Alleinsein, in das sie sich zurückziehen.

Ein Frau erzählt, daß sie ihre 85jährige Mutter immer wieder zum Altenkreis und zu einer Kaffeerunde in der Nachbarschaft bringen will. Aber immer öfter weigert sich die Mutter, dem Rat ihrer Tochter zu folgen. Diese kann ihre Mutter nicht verstehen. Als sie ihre Mutter nach dem Grund fragt, antwortet diese: »Ich kann nicht mehr. Ich bin zu müde. Ich will meine letzten Tage in meiner guten Stube bleiben.«

Diese alte Frau spürt in ihrer Müdigkeit, daß die Einsamkeit auch etwas Wohltuendes hat. Sie kann nun ganz bei sich sein. Sie will sich auf das nahe Sterben vorbereiten. Dem Sterben und dem Tod muß man letztendlich allein begegnen, auch wenn man von Angehörigen begleitet wird. Niemand kann uns in unserem letzten Moment des Lebens vertreten.

Das Alleinsein im Alter ist ein – freilich schmerzliches – Einüben in das Sterben. Es ist so, als würde sich der alte Mensch in sich zurückziehen, als würde er sich vom Leben zurücknehmen. Die Rückkehr aus dem Leben hin zu sich selbst und die Einkehr nach innen entspricht dem Bedürfnis vieler sehr alter Menschen. Diese Wendung nach innen ist die Aufgabe der zweiten Lebenshälfte. Im hohen Alter kann dieser Weg nach innen sein Ziel erreichen.

Der vom Leben müde gewordene Schmetterling kehrt – bildlich gesprochen – zurück in seine Puppe. In sich zurückgezogen, wartet der alte Mensch in seiner Verpuppung auf das, was mit ihm im Sterben geschehen wird.

Wer so die Einsamkeit des Alters sehen und annehmen kann, für den verliert sie ihren Schrecken. Die Einsamkeit verhilft dann dazu, daß der Mensch zu sich zurückkehrt und zu sich findet.

Eng mit der Verlassenheitsangst ist die Verlustangst verknüpft. Das Kind entwickelt sehr schnell engste Bindungen zu den Eltern. Bei kurzen Abwesenheiten von Mutter oder Vater erlebt das Kind den Schmerz des Verlustes für kleine Augenblicke. Aus diesen Erfahrungen entwickelt es die Angst vor dem tatsächlichen Verlust eines Elternteiles oder anderer geliebter Menschen.

Auch die Verlustangst kehrt im Alter wieder. Ich muß mich fragen: Wen werde ich als nächstes verlieren: meinen Ehemann, meine Geschwister, meine Schulkameraden oder gleichaltrige Nachbarn?

Bei manchen Ehepaaren wünschen sich die Partner, daß sie vor dem anderen sterben dürfen. So sehr fürchten sie den Schmerz des Verlustes und des Abschieds. Der Tod des Partners ängstigt mehr als der eigene Tod. Es ist bekannt, daß insbesondere Männer ihren Frauen oft sehr bald nachsterben. Sie verkraften den schweren, insgeheim so gefürchteten Verlust nicht. Sie erliegen dann häufig einem Herzinfarkt oder einem anderen Herzversagen. Ihr Herz ist also, wie der Volksmund sagt, tatsächlich gebrochen.

Abschiede in jungen Jahren sind trotz allen Schmerzes immer auch Chancen eines Neubeginns. Im Alter aber haben Abschiede etwas Endgültiges. Sie weisen auf das Ende hin. In solchen letzten Abschieden von nahen Menschen zeigen sich schon die Schatten der nahenden Nacht. Der Tod ist schon mitten im Leben gegenwärtig. Er rückt näher heran und läßt sich als Realität nicht mehr beiseite schieben.

Die Angst, immer wieder einen Verlust, einen Abschied, eine weitere Beerdigung zu erleben, wird stärker – auch weil der alte Mensch damit wieder ein Stück mehr allein ist. Die Welt wird wieder ein wenig leerer.

Bei jedem Abschied steigen erneut Schmerz und Trauer auf. Wer diese Gefühle zuläßt, der kann dem Tod dieses nahen Menschen zustimmen. Er anerkennt, daß der andere seine Zeit gelebt hat und nun an seine Grenzen gekommen ist. Wer das annehmen kann, bleibt von Bitterkeit und Herzenskälte verschont.

Es ist eine gute Übung, sich innerlich vor dem Tod des nahen Menschen zu verneigen und zu sagen: »Ich achte deinen Tod. Ich lebe noch ein bißchen. Dann sterbe ich auch.« Dieser Satz verhilft zur Zustimmung zum Abschied, aber auch zu den Begrenzungen des eigenen Lebens. Man kann die Tatsache des Todes anerkennen und es ihm überlassen, wann er kommt. Man wird bereit, zu dem jedem Menschen gesetzten Zeitpunkt zu gehen. Dann erscheint die Zeit, die noch verbleibt, wie ein Glanz des winterlichen Abendlichtes. Obschon der Winter mit der ersten Kälte bereits da ist, liegt die Abendsonne noch wärmend auf den Wangen. Der Blick kann dann der Weite folgen, aus der dieses Licht scheint.

Was kann ich noch?
Oder: Weniger ist mehr!

Säuglinge und Kleinkinder erleben immer wieder sehr schnell die Grenzen der eigenen Kräfte und Fertigkeiten. Die dabei erlebte Hilflosigkeit ist schrecklich. Deshalb haben Kinder Angst davor, daß sie in ihrer Ohnmacht ohne Hilfe bleiben. Sie schreien danach, versorgt, gestillt und gehalten zu werden. Für Kinder ist es bedrohlich, wenn ihr Rufen nach Hilfe nicht gehört wird und wenn sie aus ihrer Hilflosigkeit nicht erlöst werden. Sie versuchen dann, sich mit ihren eigenen, meist geringen Kräfte zu helfen. Doch wenn alles nichts nutzt, spürt das Kind, daß seine Kräfte zu klein sind. Wenn viele Anstrengungen nichts helfen, stellen sich beim Kind Mutlosigkeit und Verzweiflung ein.

Da wir alle als Kinder solche schlimmen Situationen erlebt haben, kennen wir diese Angst vor der Hilflosigkeit sehr gut.

Im Alter liegt ein Leben hinter uns, in dem wir viel getan und geleistet haben. Wir sind es gewohnt, die Dinge in die Hand zu nehmen. Wir haben gelernt, daß man die Dinge selbst tun muß, weil niemand sie für uns erledigt.

Und nun soll das alles anders werden? Nicht von heute auf morgen, aber die nachlassenden

Kräfte und die zunehmenden Beschwerden zeigen, daß es auch einmal anders kommen könnte.

Viele erschreckt die Vorstellung, sich nicht mehr selbst versorgen zu können. Viele haben Angst davor, im Alter wieder wie ein Kind an der Hand anderer geführt werden zu müssen. Hilflos und abhängig zu sein, wie damals als Kleinkind wieder gefüttert zu werden – für viele ist das ein angstvoller Alptraum.

Diese Angst ist ganz realistisch. Ein Schlaganfall mit einer Lähmung oder ein Oberschenkelhalsbruch könnten sehr schnell hilflos machen. Wie damals das Kind merkt der alte Mensch dann: Ich will etwas, aber ich kann es nicht mehr. Ich würde gerne nach etwas greifen, aber der Arm und die Hand gehorchen meinem Willen nicht. Ich würde gerne wieder aufstehen, aber die Beine tragen mich nicht mehr.

Eine andere Erkrankung, die ebenfalls viele älter werdenden Menschen ängstigt, ist die bis vor kurzer Zeit noch wenig bekannte Alzheimerkrankheit. Der Abbau geistiger Fähigkeiten, das Vergessen, die Verwirrung und der Verlust der Selbstkontrolle zerstören die Persönlichkeit des Menschen.

Beim Blick auf diese hilfos machenden Schicksalschläge im Alter ist es sehr verständlich, Angst zu bekommen. Doch die Augen zu verschließen, hilft nicht weiter. Damit kann man Schicksalsschläge nicht abwenden. Aber vielleicht kann man sich ein wenig – sicherlich nur ein wenig – auf solche Zeiten des Alters vorbereiten: Zunächst gilt es, die eigenen Fähigkeiten so lange wie möglich zu erhalten. Das Motto lautet hier: Was ich noch kann, will ich jeden Tag tun.

Eine sehr alte Frau erzählte mir, wie sie sich geistig »fit« hält: Sie liest jeden Tag ganz bewußt die Zeitung und lernt jeden Tag ein oder zwei Gedicht- oder Gesangbuchverse auswendig. An vielen Altenbegegnungsstätten gibt es auch Gedächtnistrainingskurse für Ältere, in denen die geistigen Fähigkeiten und das Gehirn in »Schwung« gehalten werden. Aber auch die ganz normalen Alltagsaufgaben können bewußt als Übungs-und Trainingsfeld für eigene Fertigkeiten verstanden werden. Sicherlich muß man sich zu manchen Dingen wohl auch eine kleinen »Ruck« geben. Aber es tut dann doch gut, wenn der Einkauf selbst getätigt wurde, wenn man sich selbst eine kleine Mahlzeit gekocht, einen Spaziergang gemacht oder die Wohnung ein wenig aufgeräumt hat.

Es ist auch etwas Schönes und Wichtiges zugleich, sagen zu können: »Ich kann es noch!« Ein wenig Stolz auf sich selbst ist ebenfalls erlaubt und angebracht. Man darf sich auch selbst loben, daß man wieder etwas geschafft hat.

Sehr oft aber wird der alte Mensch bei seinem Tun langsamer. Er braucht mehr Kraft und Zeit für das, was er erledigen will. Es geht also um die »Entdeckung der Langsamkeit« – so der Titel eines Romans von Sten Nadolny.

John, der Romanheld dieses Buches, ist schon von Kind auf sehr langsam. Dies ist natürlich zunächst ein großer Nachteil gegenüber den anderen Kindern und Jugendlichen.

Mit zehn Jahren war er noch so langsam, daß er keinen Ball fangen konnte. Aber er konnte für die anderen ausdauernd und unermüdlich die Schnur für das Ballspiel halten. Und so wird aus einem Nachteil allmählich eine Stärke. Ruhig, bedächtig – eben langsam – erlebt John die Welt. Er sieht dabei auf seine Art viel mehr als die normalen Menschen. Er spürt das Leben sehr viel intensiver. Das, was er tut, tut er zwar langsam, aber ganz und gar, mit ganzer Seele. Er tut es so langsam und überdacht, daß es auch richtig ist und gut wird. Und so wird aus dem langsamen, bedächtigen Jungen der berühmte Seefahrer und Entdecker John Franklin.

In der Langsamkeit liegt also eine Kraft, die es gerade im Alter zu entdecken gilt. Wenn wir etwas langsam tun, wird uns erst richtig bewußt, was wir eigentlich tun. Im langsameren Leben des Alters läßt sich vieles noch einmal auf neue Weise sehen, läßt sich manches Neue entdecken.

Wichtig ist für das Alter zudem, immer noch das zu tun, was noch möglich ist – auch wenn es langsam geht. Oder gerade deshalb.

Im Alter kann man die Dinge im ganz eigenen Tempo tun. Der alte Mensch kann so seinen Alltag gestalten, wie es seinem Zeitgefühl und Rhythmus entspricht. Was jetzt nicht getan werden kann, kann auch nachher noch erledigt werden; was heute nicht zu besorgen ist, hat morgen noch Zeit. Der alte Mensch wird nicht mehr angetrieben, vorwärtsgetrieben. Er muß sich Zeit lassen – aber er hat sie auch.

Doch auch dies ist nötig: Im Alter muß man sich mehr und mehr auch sagen: »Ich kann es nicht mehr!« Bei manchen Dingen muß man sich dies eingestehen: »Ich kann nicht mehr selbst Autofahren«, »Ich kann keine großen Reisen mehr machen« oder »Ich kann nicht mehr alles essen«.

Sicherlich: Es tut weh, dies zu erkennen. Es ist erneut eine kleine Einschränkung. Ein weiterer kleiner Abschied steht an. Ein Abschied von etwas, das ich gerne getan habe oder mit dem ich mir bisher meine Eigenständigkeit bewahrt habe. Immer wieder muß ich mich vom »Tun«, vom »Machen« und »Handeln« verabschieden. Das ist besonders schwierig für Menschen, die bisher sehr aktiv waren.

Aber auch hier läßt sich etwas Neues entdekken. Ich muß nicht mehr alles tun. Ich kann es auch lassen. Damit kommt eine große Freiheit ins Leben. Es ist eine Befreiung von der Geisel des »Müssens«.

Vieles Überflüssige, manches Unnötige fällt damit auch weg: Ich brauche nicht mehr ständig zu putzen, vielleicht werde ich den Garten ein wenig mehr wuchern lassen, das Haus oder die Wohnung doch nicht mehr renovieren. Ich muß mich fragen, was ich noch wirklich tun will. Es gilt zu entscheiden, was ich mit meinen Kräften noch kann und erreichen will, was ich aber auch ganz bewußt lassen und worauf ich verzichten will.

Der alte Mensch muß lernen zu unterscheiden zwischen dem Wesentlichen und dem Unwesentlichen. Mit der verbleibenden Kraft, mit dem Wenigen das Wesentliche noch tun, kann ungeheuer befriedigend sein.

Das Lassen lernen ist die große Aufgabe des Alters. Das Lassen verleiht dem alten Menschen Weisheit. Laotse sagt: »Das Lassen ist das Tun des Weisen.«

Nehmen ist seliger als Geben

Die Angst vor der Hilflosigkeit im Alter hat viel damit zu tun, daß man dann wieder auf andere Menschen angewiesen ist. Andere müssen für einen einkaufen, kochen oder putzen. Man braucht vielleicht andere, die mit der Bank, der Rentenversicherung oder der Krankenkasse verhandeln. Man muß warten, bis man zum Arzt gebracht wird oder bis der Arzt kommt.

Immer wieder heißt es da, andere zu fragen, andere um etwas zu bitten. Immer wieder gilt es, auf andere und deren Hilfe zu warten.

Und vor allen Dingen bedeutet das, sich immer wieder etwas geben zu lassen. Der alte Mensch gerät in die Rolle des Empfängers. Viele fühlen sich dabei sehr unwohl, weil sie sich dabei klein vorkommen. Sie haben es nicht gelernt, etwas von anderen anzunehmen. Sie denken sogleich, daß sie dann weniger wert sind. Und vor allem: daß sie das Erhaltene möglichst bald wieder zurückgeben müßten. Das aber geht im Alter oft nicht mehr. Es bleibt allenfalls der Ausgleich über das Geld. Aber auch das ist für viele problematisch. Jede Hilfestellung wird dann zu einer bezahlten Ware.

Eine Ärztin in Afrika hatte mehrere Jahre auf einer ambulanten Krankenstation gearbeitet.

Nun wollte sie wieder zurück in ihr Heimatland. Kurz vor ihrer Abreise stand ein Afrikaner vor der Türe. Er hatte erfahren, daß die Ärztin ausreisen wollte. So hatte er sein ganzes Erspartes genommen und war drei Tage durch den Busch zur Krankenstation gegangen. Er wollte der Ärztin das Geld als Zeichen des Dankes geben. Sie hatte ihm vor langen Jahren bei einer schweren Krankheit geholfen. Die Ärztin sah sofort, daß das für ihn ungeheuerlich viel Geld war. Im ersten Augenblick wollte sie das Geschenk ablehnen. Doch dann spürte sie, daß es nur ein Richtiges gibt: Sie mußte dieses Geschenk annehmen.

Etwas anzunehmen ist eine schwierige Sache. Im Alter ist das wieder neu zu lernen. Im Alter kehrt sich das bekannte Motto vom Geben und Nehmen um. Nun heißt es: Nehmen ist seliger als Geben.

Der alte Mensch darf und muß im Alter vieles von anderen annehmen. Er darf das, ohne an Selbstachtung zu verlieren. Schließlich hat er in einem langen Leben selbst viel gegeben. Wieviel Zuneigung und Liebe, aber auch wieviel Materielles hat ein Mensch zum Beispiel den eigenen Kindern gegeben? Eltern-Sein ist ein langes und ständiges Geben. Aber auch die Arbeit, das Mitwirken in einem Verein oder der Kirchengemeinde, eine gute Nachbarschaft und vieles andere – bei all dem hat der alte Mensch im Laufe seines Lebens sehr viel gegeben.

Im hohen Alter wird aus dem Gebenden ein Nehmender. Auch darin kehrt im Alter die Kindheit wieder, in der der Mensch Empfangender und Nehmender ist. Sicher: Manches kann man auch als alter Mensch zurückgeben. Die Kinder und Enkel freuen sich, wenn die alten Eltern oder die Großeltern großzügig sind. Auch die Hilfeleistung anderer verdient ihren Lohn und den gerechten Ausgleich durch Geld.

Darüber hinaus können alte Eltern und Großeltern viel mehr als Materielles geben: ihr Wissen, ihre Lebenserfahrung, ihre Geduld, ihr Zuhören sind »unbezahlbar«.

Innerlich frei bleibt der alte Mensch, wenn er seine Selbstachtung bewahrt. Wer glaubt, alles ausgleichen zu müssen, der wird sich schuldig und unfrei fühlen. Der wirklich befreiende Ausgleich besteht darin, das Gegebene gerne anzunehmen und dem anderen dafür zu danken.

Der Dank zeigt dem anderen, daß ich etwas von ihm auch wirklich angenommen habe. Ich habe es als Geschenk genommen und würdige damit den Geber – und vor allem: Ich bewahre dabei meine eigene Würde. Wer mit Dank nehmen kann, der bleibt innerlich frei. Der kann auch den anderen um etwas bitten, ohne sich klein zu machen. Der kann aber auch eine abgeschlagene Bitte ohne Verletzung und innerlichen Groll ertragen.

Mit Würde alt werden

Damit sind wir bei einer weiteren Grundangst des Menschen, die wir schon als Kind sehr früh erleben. Es ist die Angst vor Situationen, in denen wir bloßgestellt und beschämt werden.

Es ist für ein Kind verletzend, wenn es wegen eines Fehlers oder einer Schwäche plötzlich von allen angestarrt wird. Das unangenehme Gefühl der Scham steigt in ihm empor, wenn es tadelnd und mißbilligend angeschaut oder gar von den anderen ausgelacht wird.

Diese Angst vor einer Bloßstellung, die sogenannte Schamangst, kehrt im Alter wieder. Der alte Mensch erlebt sie als die Angst, seine Würde zu verlieren, wenn er schwach und pflegebedürftig ist. In seiner körperlichen Gebrechlichkeit befürchtet er demütigende Situationen. Insgeheim mag er sich fragen: Werde ich nicht verachtet, wenn mein Körper nicht mehr so kann, wie ich will? Ekeln sich andere vor mir, wenn ich im Krankenbett meine Körperfunktionen nicht mehr beherrschen kann?

Bei der Pflege ist es unumgänglich, daß die Pflegenden dem alten Menschen sehr nahe kommen. Es ist nicht zu vermeiden, daß der Pflegebedürftige vor anderen »nackt und bloß« ist und daß andere ihn in seinem »Schambereich« berühren.

Dabei ist es wichtig, daß die Pflegenden dies mit großer Einfühlung und Rücksicht tun. Grobheit oder zu große Direktheit verletzen den alten Menchen in seiner Würde und Selbstachtung sehr tief. Gerade der am Körper schwache Plegebedürftige braucht den Schutz seiner Seele und Würde so sehr. Er kann sich gegen Grobheiten der Pflegenden auch kaum wehren, ist er doch auf sie angewiesen. Andererseits hilft eine gewisse Selbstverständlichkeit bei der Pflege dem alten Menschen, mit seiner Schamangst besser umzugehen, solange dies nicht zu einer kalten Routine wird. Ebenso kränkend ist es, wenn Pflegende den alten Menschen wie ein kleines Kind behandeln, ihn zurechtweisen oder kühl abkanzeln.

Der alte Mensch wird zwar in seinen Ängsten und manch anderem wieder dem Kinde ähnlich, aber er ist und bleibt ein erwachsener Mensch mit einer langen Lebenserfahrung.

Seine Würde und Selbstachtung ist auch dann höchstes Gut, wenn er viele Fähigkeiten eines erwachsenen Menschen verloren hat.

Die Menschlichkeit einer Gesellschaft zeigt sich gerade darin, wie sie mit ihren gebrechlichen und pflegebedürftigen alten Menschen umgeht. Dies ist der Spiegel, in dem sie sich sehen und mit dem sie sich messen lassen muß.

Werde ich noch gebraucht?

Eine weitere zentrale Angst des Kindes ist es, nicht mehr zu einer Gruppe zu gehören. Für Kinder ist es schmerzlich, wenn sie von anderen ausgeschlossen werden. Kinder haben Angst davor, hören zu müssen: »Du darfst nicht mehr mitmachen. Du gehörst nicht zu uns. Geh weg und verschwinde.«

Kinder verlieren ihr Selbstvertrauen, wenn sie so etwas oft erleben. Sie glauben dann, daß sie nicht mehr gemocht und geliebt werden.

Auch alte Menschen fürchten, daß sie nicht mehr gebraucht werden und bald nicht mehr zur Welt der Jüngeren gehören. Sie fühlen sich dann ausgeschlossen und abgeschoben, weil sie – so ihr Eindruck – nicht mehr genügend leisten und überflüssig sind. Diese Gefühle beeinträchtigen das Selbstwertgefühl alter Menschen in erheblichem Maß.

Männer spüren dies sehr einschneidend mit dem Ende ihrer Berufstätigkeit. Sie gehören ganz plötzlich nicht mehr zum Betrieb und zum Kollegenkreis. Alltägliche Gespräche, Anerkennung und das Gefühl, eine wichtige Aufgabe zu haben, fallen weg. Stattdessen droht eine große Leere, die oft nur unzureichend durch Hobbies und andere Interessen ausgefüllt werden kann.

Während Männer sich meist sehr plötzlich von der Berufstätigkeit auf den Ruhestand umstellen müssen, vollzieht sich der Vorgang, weniger gebraucht zu werden, bei den Frauen langsamer. Viele ältere Frauen sorgen sich immer noch um die längst erwachsenen Kinder und Enkelkinder. Sie können es nicht akzeptieren, daß ihre Kinder für sich selbst sorgen können. Das führt nicht selten zu heftigen Konflikten mit der Folge, daß sich die Kinder und deren Ehepartner eher noch stärker abwenden.

Der Alltag der Jüngeren jedoch ist in allen Lebensbereichen, sei es in Familie oder Beruf, von einem ungeheuren Tempo bestimmt. Vieles verändert sich in kürzester Zeit. Die ständigen Neuerungen auf dem Gebiet der Technik, die schnell wechselnden Moden, der Wechsel der aktuellen Themen – als das vollzieht sich so rasch, daß auch die Jungen Schwierigkeiten haben, hierbei mitzuhalten.

Bald stellt sich deshalb bei vielen älteren Menschen das Gefühl ein, daß sie da nicht mehr mitreden und mitbestimmen können. Geschweige denn, daß sie da irgendwie mithalten könnten.

Alte Menschen sollten nun nicht in den Fehler verfallen, noch krampfhaft alles mitmachen zu wollen. Es den Jungen gleichtun zu wollen, hieße, neben einem fahrenden Zug herlaufen zu wollen. Es würde doch nicht gelingen, da noch aufzuspringen. Erschöpft und enttäuscht bliebe man dann zurück.

Davon handelt der Traum einer 73jährigen:

»Ich gehe mit meinen Kindern und den Enkeln spazieren. Es ist sehr schön. Doch dann beginnen die anderen schneller zu gehen. Bald laufen sie. Ich bin ganz außer Atem und komme nicht mehr mit. Haltet doch, rufe ich. Aber sie scheinen mich nicht mehr zu hören. Enttäuscht, aber auch zornig setze ich mich in meiner Erschöpfung an den Wegrand. Ich schaue mich um und bemerke, daß ich an einer herrlichen Wiese sitze. Ich denke zufrieden: Da könnte ich doch bleiben – dann wache ich auf.«

Zunächst ist es für die Träumerin schlimm, nicht mehr mithalten zu können. Aber als sie die Wiese entdeckt, weiß sie, daß das Zurückbleiben und das Nichtdazugehören ihr den Blick für etwas sehr Schönes eröffnet haben.

Die Jungen leben tatsächlich das Leben auf ihre Weise – und diese ist oft ganz anders als das, was die Älteren gewohnt sind. Die Jungen sind aber andererseits auf die Alten angewiesen, wenn es um tiefgreifende Fragen des Lebens geht. Dann wird doch auch immer wieder das Gespräch mit dem älteren Menschen gesucht. Wenn dann die Alten einfach da sein, zuhören und Verständnis zeigen können, dann ist dies von unschätzbarem Wert. Denn wer sonst hat heute noch Zeit, zuzuhören? Wer hat noch Geduld und Langmut für andere? Wer hat die Erfahrung im Umgang mit Schwierigkeiten? Doch nur alte Menschen! Das ist ihre ureigene Chance, den Kontakt zu der Welt der Jüngeren zu halten. So werden alte Menschen noch gebraucht – nicht mehr wie früher im aktiven Handeln, nun aber im Dasein und Hinhören.

Von daher ist es gerade für die jüngeren Alten wichtig, noch am Leben ihrer Kinder und Enkel teilzunehmen, ohne sich aufzudrängen oder einzumischen. Auch das Engagement in der Kirchengemeinde, in der Ortsgemeinde, in einer Gruppe ist für ältere Menschen eine Chance, gehört und gebraucht werden. Gerade die jüngeren Alten entdecken sehr viel Neues für ihr Leben, sei es das Reisen, der Besuch von Theater, Konzerten und Ausstellungen, oder seien es neue Interessen und Betätigungsfelder. Allzu lange wurde in der Wissenschaft der Altersprozeß generell als ein Prozeß des abnehmenden Engagements und vieler Verluste seitens des alten Menschen verstanden.

Dies gilt ganz sicherlich nicht für jüngere Alte. Für die hochbetagten Alten zieht dieses einseitig negative Verständnis des Altwerdens nicht in Betracht, daß auch noch im Loslassen und Verlieren ein Zugewinn an innerem Reichtum möglich ist. Deshalb gilt es, insbesondere im hohen Alter, eine neue Form des Engagements zu finden: das innere Engagement aus dem Abstand heraus. Der alte Mensch sollte weiterhin innerlich mitdenken und mitfühlen – aber dies aus der gelassenen Distanz heraus. Er sollte sich weiter für die Welt interessieren. Doch muß er auch wissen, daß es nicht mehr seine Aufgabe ist, die Dinge in die Hand zu nehmen und sie zu verändern. Der alte Mensch kann aber den Lauf der Dinge mit seinen guten Wünschen begleiten, vielleicht sogar mit seinem Gebet dabeisein.

All das darf aber nicht darüber hinweg täuschen, daß der Mensch im hohen Alter tatsächlich nicht mehr zu der aktiven Welt der Jüngeren gehört. Er lebt im Grunde in einer anderen, in einer eigenen Welt. Und diese Welt hat ihre eigene Bedeutung und ihr eigenes Gewicht.

Diese Welt ist für viele alte Menschen die Welt ihrer Erinnerungen. Sie leben in einer – oft verklärten – Welt der Vergangenheit. In der Erinnerung wiederholen sie ihr Leben noch einmal. Oft gerade mit den Menschen, die ihnen nun fehlen und die ihnen wichtig waren. Diese Menschen in der Erinnerung werden zu einem wichtigen Gegenüber, zu wichtigen inneren Begleitpersonen für den alten Menschen – dies um so mehr, je mehr er allein leben muß.

Auch wenn Jüngere diese Erinnerungswelt abtun oder ins Lächerliche ziehen – diese Welt, in der die Alten leben, ist deren Welt. Und niemand sollte sie ihnen nehmen! Es ist die Welt, in der sich der ältere Mensch zu Hause fühlt. In ihr hat er seine Heimat, gerade wenn er in der Welt der Jüngeren heimatlos geworden ist.

Der Dichter Jean Paul drückt dies so aus: »Die Erinnerung ist das einzige Paradies, aus dem wir nicht vertrieben werden können.«

Und wie schön, wie spannend kann es sein, wenn die Großmutter oder der Großvater die alten Fotos von damals hervorkramt, wenn er erzählt von damals, von der Familie, wenn

Großmutter in Erinnerungen schwelgt? Die vergangene, aber erzählte Welt der Alten ist das lebendigste Geschichtsbuch für die Jüngeren, für die Kinder und Enkel insbesondere. Wenn sie diese Erinnerungswurzeln verlieren würden, wäre es traurig um sie bestellt. Wer als Heranwachsender seine Herkunft und seine Familiengeschichte nicht kennt, kann nur schwerlich eine eigene Identität entwickeln. »Wenn ein alter Mensch die Erde verläßt, so ist es, als verbrenne eine ganze Bibliothek«, sagt ein afrikanisches Sprichwort.

Viele Hochbetagte wissen und akzeptieren, daß sie nicht mehr zur Welt der Jungen gehören. Doch sie fassen das nicht als Abweisung und Ablehnung auf.

Sie begreifen, daß sie nun in eine ganz andere Welt gehören – in eine Welt, die viel größer und weiter ist als die aktive Welt der Jungen. Gerade hochbetagte Alte wissen sich zu der Welt des Geistes und des Glaubens gehörig. Es gibt für sie eine andere Heimat, die nicht von dieser Welt ist. Diese Gemeinschaft ist tragfähiger und dauerhafter als die Beziehungen der Menschen untereinander. Freundschaften, Nachbarschaften, Liebschaften und Beziehungen vergehen oft schneller als sie entstanden sind.

In der Gemeinschaft mit dem ewigen Du

aber finden alte Menschen eine Gegenwelt zur brüchigen Beziehungswelt der Menschen. Im Gegenüber zum ewigen Du kann der alte Mensch eine Beziehung entwickeln, die still und leise, aber sehr nahe und intensiv sein kann.

Die Angst, als alter Mensch nicht mehr dazuzugehören, zeigt sich am stärksten bei der Frage des Alters- oder Pflegeheims. Viele ältere Menschen fürchten, daß ihre Kinder oder andere Verwandten solch einen Schritt für nötig halten und diesen auch einleiten. Viele ältere Menschen fragen sich: »Werden meine Kinder mich drängen, ins Pflegeheim zu gehen?« »Kümmern sie sich dann noch um mich?« »Bin ich dann nicht ganz weg von allem?«

Hinter der Angst vor der Übersiedlung in ein Alten- oder Pflegeheim stehen viele, sehr begründete Befürchtungen: die Angst, die gewohnte Umgebung zu verlieren; die Furcht, den eingespielten Tagesablauf aufgeben zu müssen; die Angst, die Angehörigen durch die Heimkosten zu belasten oder nun im Heim von der Sozialhilfe abhängig zu werden; die Angst, sich in eine fremde Welt mit ganz fremden Menschen begeben zu müssen; die Furcht, in einem kleinen Zimmer eingeengt zu sein und schließlich die Sorge, im Altersheim ganz vergessen zu werden.

Nun werden heute zunehmend Versorgungsdienste und Wohnformen für alte Menschen entwickelt, die ein möglichst langes Verbleiben in der alten, gewohnten Lebenswelt ermöglichen. Ambulante Hilfen, Pflegedienste, Essen auf Rädern, telefonische Notrufeinrichtungen, Besuchsdienste – all das hilft, das Leben bis ins hohe Alter zu Hause zu bewältigen. Dies nimmt vielen alten Menschen ein großes Stück der Angst vor dem Altenheim. Das ist gut so und wirkt sehr entlastend.

Freilich: Die für viele bedrohliche Möglichkeit, in ein Pflegeheim gehen zu müssen, bleibt. In vielen Fällen ist die Übersiedlung in das Pflegeheim kein lange vorbereiteter und geplanter Schritt: eine plötzliche Erkrankung oder ein längerer Krankenhausaufenthalt ist Anlaß für diesen so schmerzlichen, oft aber unausweichlichen Schritt. Die meisten Alten trifft dann die neue Lebenssituation völlig unvorbereitet.

Dies wirkt dann wie ein Schock, dem eine große Verzweiflung folgen kann.

Damit aber ist die Chance vertan, auch den letzten Lebensabschnitt ganz bewußt und trotz aller Gebrechlichkeit in Würde zu leben. Deshalb ist es so wichtig, daß der Hochbetagte sich mit der Möglichkeit des Pflegeheims vertraut macht. Die Angst vor dem Pflegeheim sollte ganz ernst genommen werden, weil sie auf ein reales, oft ganz schnell eintretendes Problem aufmerksam macht. Dies gilt um so mehr, je älter ein Mensch ist.

So schmerzlich es ist: Manchmal geschieht gerade das, was wir am stärksten befürchten. Etwas wird unvermeidlich, was der alte Mensch so sehr vermeiden wollte. Auch wenn er es zunächst leugnen oder bekämpfen mag, so hilft letztlich nur, daß er diesen schmerzlichen Einschnitt anzunehmen lernt. Wenn der alte Mensch dem Unvermeidlichen innerlich zustimmen kann, eröffnet sich für ihn die Chance, darin ein – wenn auch sehr kleines – Stück Leben zu finden.

Im Pflegeheim traf ich einmal eine 94jährige Frau. Sie saß den ganzen Tag in ihrem Rollstuhl. Auch den Kopf konnte sie nicht mehr bewegen. Für einen ahnungslosen Außenstehenden starrte sie nur geistesabwesend oder trübsinnig ins Leere. Ein wenig ungeschickt fragte ich sie, ob sie sich nicht langweile. Sie antwortete: »Wo denken Sie hin? Ich schaue jeden Tag auf diesen Kastanienbaum vor meinem Fenster. Da passiert so viel. Im Frühsommer, als seine herrlichen Kerzen blühten, war ich ganz begeistert. Und wie viele Bienen da jeden Tag vorbeikamen. Nun beobachte ich, wie an den Blütenständen langsam die stacheligen Kastanienkugeln heranreifen. Der Baum sieht jeden Tag anders aus; anders, wenn es regnet; anders, wenn ein Wind geht. Ein richtiger Freund ist diese Kastanie für mich geworden.«

Im weiteren Gespräch mit dieser Frau wurde deutlich, daß sie bei der Überweisung ins Pflegeheim sehr verzweifelt war. Sie hatte einige Wochen gebraucht, sich in ihre Situation einzufinden. Als sie den Kastanienbaum vor ihrem Fenster »entdeckt« hatte, wurde sie ruhiger. Sie konnte mit ihm reden. Und sie konnte den Pflegekräften und den Besuchern »ihren« Baum zeigen, ihnen von »ihrem« Baum erzählen.

Für den Außenstehenden mag das kein erfülltes Leben mehr sein. Die alte Dame aber lebte ganz intensiv mit »ihrem« Baum. Sie hatte bei allen Einschränkungen noch ein großes Stück sinnvolles Leben für sich gefunden. Pflegeheim muß also nicht »Endstation« heißen. Auch in sehr hohem Alter, bei größter Behinderung kann im Kleinsten noch etwas Großes wie dieser große Kastanienbaum entdeckt werden.

Der Wohlstand und die moderne Medizin schenken uns immer mehr Jahre zum Leben. Doch ob sie lebenswert werden, liegt auch an uns. Wir müssen es heute erst lernen, dieses Mehr an Lebensjahren mit sinnvollem Leben zu füllen. Das ist eine große Herausforderung, weil die gewonnenen Jahre oft durch Beschwerden und Erkrankungen getrübt sind. Die Schattenseiten des hohen Alters, das viele Menschen heute erreichen, sind die körperlichen Einschränkungen bis hin zur schweren Pflegebedürftigkeit in den letzten Lebensjahren. Es ist dann für manchen alten Menschen sehr schwer, sich einzugestehen, daß seine auch medizinisch aufwendige Pflege nicht mehr von Laien, also den Kindern oder Verwandten, übernommen werden kann.

Auch deshalb ist es so wichtig, daß ein Mensch im hohen Alter seine Zeit vor einer Pflegebedürftigkeit als Geschenk annimmt und schätzt. Dann kann er vielleicht auch eine nötige Zeit im Pflegeheim besser akzeptieren. Das Wissen um viele erlebte Jahre ohne massive Behinderung, kann helfen, nun die Einschränkungen zu akzeptieren. Noch – und das mag ein gewisser Trost sein – kommen über 95% der alten Menschen ohne Einweisung in ein Pflegeheim aus.

Trotz aller Vorsorge bringt das hohe Alter sehr häufig Krankheit und Schmerzen mit sich. Die Angst vor diesen Begleitern in späten Lebensjahren ist für viele die größte Angst des Alters überhaupt.

Schmerzen und Krankheit erinnern wieder an alte Erfahrungen aus unserer Kindheit. Schmerzen haben wir schon als Kind so sehr gefürchtet, daß wir alles getan haben, sie zu vermeiden. Krankheit und Schmerz sind für uns Menschen deshalb so einschneidend, weil sie uns ganz, unseren Körper und unsere Seele, besetzen und in Beschlag nehmen. Im Schmerz sind wir ganz auf uns selbst geworfen. Niemand kann unseren Schmerz wirklich nacherleben.

Bei Gebrechen im Alter kann der Arzt zwar helfen, die Schmerzen zu lindern, er kann manche Krankheit heilen oder eine Verschlechterung verhindern, aber der alte Mensch wird nun immer wieder daran erinnert, daß sein Körper schwächer wird. Er wird unausweichlich darauf aufmerksam gemacht, daß der Körper nicht ewig seinen Dienst tun wird. Zwar wissen wir das alle, aber es am eigenen Körper zu erleben, ist noch einmal etwas anderes.

Krankheiten und Schmerzen im hohen Alter sind so etwas wie Brüder des Todes, wie Vorboten des Abschieds vom Leben. Sie zeigen, daß es mit dem Menschen ein Ende haben wird. Am eigenen Körper erlebt er nun seine Gebrechlichkeit.

Auch Paulus sagt sehr direkt, daß der äußere Mensch, also der Körper zerfällt. Paulus aber fährt fort: »Doch unser innerlicher Mensch wird von Tag zu Tag erneuert« (2. Korinther 4,16).

Trotz allem äußerlichen Sterben gibt es noch etwas anderes in uns, nämlich unsere Seele. In ihr atmet jeden Tag neu der Hauch des Lebens. Sie zerbricht nicht mit dem Körper, sondern sie wird an jedem Morgen mit jedem Erwachen neu. Sie muß nicht abnehmen, sondern sie kann trotz aller Schmerzen und Krankheiten im Glauben und Hoffen wachsen. Die Seele muß in den Schmerzen nicht verstummen, sondern sie kann rufen und schreien, sie kann ins Gespräch mit Gott eintreten – jeden Tag mehr und mehr.

Vielleicht ist es auch hier wie bei den Kindern: Je kleiner und jünger sie sind, desto größer ist das Vertrauen in die Eltern. Je älter und schwächer der Mensch wieder wird, um so mehr kann sein Glauben zunehmen.

So gleicht der Mensch im Alter nicht nur in

den Ängsten den Kindern, sondern oft auch in seinem Vertrauen in einen Größeren. Und so können im Alter bei allem Sterben Glauben und Gottvertrauen der längst vergangenen und vergessenen Kindheit wieder neu wach werden.

An der Schwelle zum Tod

Die Angst, das eigene Leben zu verlieren, ist sicher die größte Angst des Menschen. Sie begleitet uns ein Leben lang. Sie verbindet uns auch mit den Tieren, die in lebensbedrohlichen Situationen eine ähnliche Todesangst erleben wie wir Menschen. Diese starke Angst hilft uns, lebensgefährliche Situationen zu vermeiden oder aus ihnen zu fliehen. Die Todesangst will uns also an Leib und Leben schützen.

Gerade im Alter wird diese Angst vor dem Tod immer wieder neu bewußt und konkret erlebt: Jede schwere Krankheit, jede negative ärztliche Diagnose ruft die Todesangst wach. Je mehr ein Mensch am Leben hängt, um so größer wird seine Todesangst sein.

Mancher alte Mensch will noch krampfhaft am Leben festhalten. Für ihn ist es noch zu früh, zu gehen und sich zu verabschieden. Vielleicht hat er in seinem Leben etwas versäumt, etwas noch unerledigt gelassen. Vielleicht hat er aber auch sehr gerne gelebt und würde das noch weiter tun. Das Lebensende kommt für ihn zu früh. Der Blick auf die eigene Vergänglichkeit ruft Abwehr und Verdrängen hervor. Kommt das Sterben dann aber doch nahe, wird dieses zu einem angstvollen Ringen mit dem Tod.

Die Tochter eines Mannes, der nach langem Kampf starb, sagte zu mir: »Wissen Sie: Mein Vater ist so gestorben, wie er gelebt hat. Er wollte alles. Er hatte immer die Angst, etwas nicht zu kriegen. Er hat um alles gekämpft und konnte nie was hergeben.« Am Ende seines Lebens konnte dieser Mann sich selbst nicht hergeben. Sein Kampf war der Versuch, wie so oft in seinem Leben noch einmal der Stärkere zu sein. Sein verzweifeltes Festhalten war auch ein Kampf gegen eine große Todesangst.

Doch bei vielen hochbetagten Menschen verändert sich die Todesangst allmählich. Davon erzählt die folgende Geschichte.

Ein junger Mann, der die Heilkunst gelernt hatte, wollte ein Kraut gegen den Tod finden. Er suchte in allen Wäldern, auf allen Wiesen der Erde nach dieser Heilpflanze. Er fragte weise alte Medizinmänner, alte heilkundige Frauen. Doch niemand konnte ihm sagen, wo er das Heilkraut finden könnte.

Da geriet er bei seiner Suche in einem Wald in ein fürchterliches Gewitter. Die Angst um sein Leben packte ihn. Er wußte nicht, wohin er fliehen sollte. Überall schlugen die Blitze ein.

Da entdeckte er unter einer großen Eiche eine sehr alte Frau. Sie saß da und schaute ins Gewitter.

»Fürchtest du nicht um dein Leben?« rief der junge Mann während das Blitzen und Donnern allmählich nachließ.

»Nein, warum sollte ich? Was sollte ich verlieren?«

»Dein Leben!«

»Mein Leben?« erwiderte die Alte erstaunt, »es gehört nicht mir. Ich habe es ganz ausgeschöpft und ganz getrunken. Ich bin satt und ein wenig müde. Ich sehne mich nach Schlaf, nach einem sehr, sehr langen Schlaf.«

Schweigend schritt der junge Mann von dannen. Von Stund an hörte er auf, das Heilkraut gegen den Tod zu suchen. Später noch ging die Kunde von ihm, daß er ein großer Arzt geworden sei. Er half den Menschen, wo er konnte. Wo er aber nicht mehr helfen konnte, erzählte er den Sterbenden von seiner vergeblichen Suche nach dem Heilkraut gegen den Tod und von der alten weisen Frau damals im Gewitter.

Je mehr sich der Tag neigt, und je mehr es

Abend werden will, desto müder werden wir. Besonders dann, wenn dieser Tag voller Leben war, wenn wir ihn ganz ausgeschöpft und gelebt haben – mit seinen hellen und dunklen Seiten.

So mancher alte Mensch ist gesättigt vom Leben. Er hat vieles erlebt, vieles gesehen und vieles im Leben geschenkt bekommen. Nun kann es genug sein. Wer so auf seine Lebenszeit zurückblicken kann, der kann auch loslassen. Das satte, erfüllte Loslassen ist die schönste Möglichkeit des Lebens und des Sterbens.

Wieder andere sind im hohen Alter müde von den vielen Mühen und Anstrengungen. Eine lange Wanderung mit Höhen und Tiefen, mit manchem dunklen Tal liegt hinter ihnen. Wer solch einen mühevollen Weg hinter sich hat, der legt sich gerne hin, der darf auch des Lebens müde sein. Der Schlaf darf nun mit Recht ersehnt werden.

Ähnlich ergeht es Menschen, die eine lange Zeit der Krankheit erlebt haben. Der Schmerz hat sie zermürbt. Die Nacht am Ende des Tages deckt dann zu, was schlimm und schmerzvoll war. Die Nacht des Todes kann für den geplagten Menschen Erlösung sein.

Wo Menschen spüren und anerkennen, daß der Tag sich neigt, da schwindet die Todesangst.

Wer mit seinem Leben abgeschlossen hat, wartet auf die Ruhe der Nacht. Wo Menschen sich des Tages Neige herbeisehnen, ist die Nacht nicht nur finster.

Solche hochbetagten Menschen können daher auch sehr offen über das Sterben und den Tod reden. Sie tun das meist auch ohne Angst. Darin gleichen sie wieder den Kindern. Kinder und Jugendliche beschäftigen sich viel stärker als die Erwachsenen mit dem Tod. Ganz offen und unvoreingenommen versuchen sie, die Tatsache des Todes zu verstehen. Kleinere Kinder haben auch deshalb keine Todesangst, weil sie den Tod als einen langen Schlaf verstehen. Im Alten Testament wird der Tod ebenfalls mit dem ewigen Schlaf verglichen (Jeremia 51,52; Daniel 12,2).

Freilich – und das berichten alle alten Menschen – die Angst vor dem Sterben bleibt. Sie müssen nun die letzten Schritte bis zu ihrer letzten, großen Grenze tun und fragen sich: Wie wird es uns bei diesen letzten Schritten gehen? Wie wird das Sterben sein? Sind wir dabei allein und einsam oder im Kreise von unseren Angehörigen? Können wir einfach einschlafen und ohne Schmerzen sanft sterben? Können wir ohne Angst die Augen schließen?

Im Sterben ist der Mensch letztlich allein.

Niemand kann ihn in diesem Augenblick vertreten. Das macht angst. Eines aber kann Gelassenheit schenken für diesen Teil des Lebens. Es ist eine Bitte: »Herr, bleibe bei uns, denn es will Abend werden, und der Tag hat sich geneiget« (Lukas 24,29).

Damit wären wir auch am Ende der Darstellung menschlicher Ängste im Alter. Die folgenden Kapitel sind den Hilfen zur Bewältigung von Ängsten gewidmet. Sie zeigen, daß Ängste die eigenen Kräfte und Fähigkeiten herausfordern – gerade auch im Alter.

Wie wird aus Angst Hoffnung?

Der Blick zurück

Alle Ängste entstehen mit dem Blick auf das Kommende, auf das vor uns Liegende.

Um uns auf das Kommende vorzubereiten, ist es nötig, auf das Vergangene einen Blick zurückzuwerfen. Der Mensch muß am Ende des Weges Bilanz ziehen. Er muß einmal anschauen, wie sein Leben denn nun im Spiegel des Rückblicks aussieht.

Meist ist der Mensch so im Alltag, so im Getriebe einer Woche, eines Monats gefangen, daß ihm das Gesamtbild seines Lebens aus den Augen gerät. Im Alter aber kann er die vielen Mosaiksteine seines Lebens zusammenfügen. Jetzt erst kann er seine Zeit überschauen und sehen, was das für ein Bild wird. Er hat Stunde für Stunde, Tag für Tag gelebt, Jahr für Jahr aneinandergefügt. Viele kleine Mosaiksteinchen waren diese Stunden, Tage, Wochen, Monate und Jahre. Er hatte Wünsche, Vorstellungen, Pläne und Träume, wie seine Zukunft und sein Leben werden sollten. Vieles hat er getan, um diese Lebensträume zu verwirklichen. Er hat gehofft, daß daraus ein »anständiges« und gelungenes Bild wird. Aber ganz sicher war er nie. Und nun im Rückblick steht ihm sein Lebensbild vor Augen.

Dieses Bild wird helle, farbige Flächen haben. Flächen, auf die freundliches Licht fällt, über denen sogar ein Leuchten und Strahlen liegt. Doch gibt es in jedem Lebensbild auch dunkle Ecken, die durch eine Zeit des Leides und der Not verdüstert waren. Damals – bei einem Trauerfall, bei einer Krankheit, bei einer Scheidung, bei den Problemen der Kinder – konnte der Betroffene das alles nicht verstehen. Er konnte und wollte darin keinen Sinn für sich sehen. So sehr war er vom Schmerz und von der Sorge überwältigt. Vielleicht kann der alte Mensch nun am Ende verstehen, wozu in seinem Bild diese dunklen Flächen gut sind. Jetzt aus dem Abstand, aus dem Blick auf das gesamte Leben sind schlimme Zeiten Teile des Bildes, die man nun besser in das Ganze einordnen kann. Vielleicht kann man nun sehen, welchen Sinn eine dunkle Linie, eine dunkle Fläche oder ein Schatten in diesem Bild hat.

Wirklich reiche, beeindruckende Bilder haben neben hellen Bereichen immer auch dunkle Flächen. Ein Bild gewinnt an Tiefe und Bedeutung, wenn es Kontraste, Gegensätze und Konturen besitzt.

Jedes Lebensbild ist auf seine Weise etwas ganz Besonderes, etwas Außergewöhnliches und Unverwechselbares. In diesem Bild zeigt sich uns, was einen Menschen geprägt und geformt hat. Unser Lebensbild ist der Spiegel für uns selbst und unsere Person. Wer sein Leben anschaut, der weiß nun ein wenig besser, wer er war und wer er ist.

Es ist auch eine Aufgabe des Alters, alte Erinnerungen wieder hervorzuholen. Manches ist doch in Vergessenheit geraten; manches ist nur noch undeutlich in Erinnerung. Alte Fotoalben und Fotografien aus längst vergangenen, vielleicht vergessenen Zeiten, können helfen, Erinnerungen aufzufrischen. Man kann auch einmal gleichaltrige Nachbarn, noch lebende Schulkameraden oder Verwandte nach Fotografien, nach Zeitungsauschnitten oder anderen Dokumenten fragen. Man kann auch mit den eigenen Kindern im Gespräch alte Zeiten noch einmal lebendig werden lassen. All das könnte helfen, manches fehlende Mosaiksteinchen des eigenen Lebensbildes wiederzufinden. Das Bild von der eigenen Lebensgeschichte wird dadurch zusehends reicher, farbiger und genauer.

So wird der eine oder die andere in ein Zwiegespräch mit sich treten und sich fragen: Kann ich im Rückblick nun auch die Fülle in meinem

Leben sehen? Vieles, sehr vieles habe ich erlebt. Viele Erinnerungsbilder steigen nun am Lebensabend auf. Je länger ich mich damit beschäftige, desto reicher wird mein Lebensbild. Kann ich das Reiche, das Schöne, das Helle darin erkennen? Kann ich dafür auch Gefühle des Dankes empfinden? Die Dankbarkeit dem Leben gegenüber gibt inneren Frieden. Ich brauche dann nicht der oft naheliegenden Verbitterung des Alters anheim zu fallen. Ich werde dann nicht mehr mit Neid auf andere schauen, die es anscheinend oder tatsächlich im Leben besser hatten und haben.

Im Dank ist allein das wichtig, was ich an Gutem erlebt habe. Manches davon habe ich erarbeitet. Aber die Ehrlichkeit gebietet, auch folgendes anzuerkennen: Vieles Gute wurde mir geschenkt, wurde mir einfach so gegeben. Dafür ist Dank die angemessene Antwort, die der Mensch dem Leben schuldet.

Sicherlich gibt es in jedem Lebensbild aber auch Bereiche, in denen das Bild nicht fertig ist. Die Mosaiksteine liegen hier noch ungeordnet durcheinander. Vieles ist nur in Ansätzen und in Bruchstücken gelungen. Manches ist vielleicht auch zerbrochen: eine wichtige Freundschaft, eine Ehe, ein Berufswunsch und manch anderer Traum. Es gibt in jedem Lebensbild Unerfülltes und Unvollendetes, Bruchstückhaftes und Chaotisches.

Der alte Mensch kann das am Ende seines Weges nicht mehr ändern, Fehler meist auch nicht mehr gutmachen. Aber er kann versuchen, diese Teile seines Lebensbildes anzunehmen. Auch sie gehören zu seiner Person, auch sie gestalten das Bild seines Lebens: das Mißglückte und Abgebrochene.

Viele Menschen machen sich im Alter Vorwürfe für lange zurückliegende Fehler. Sie quälen sich mit den Fragen: »Warum habe ich damals…?« und »Hätte ich das doch anders gemacht!« So mancher kommt nicht los von diesen bitteren Selbstanklagen. Er kann sich einfach nicht verzeihen.

Hier ist es hilfreich, sich folgendes vor Augen zu führen: Damals vor 50, 40, 30 oder 20 Jahren – mit meiner damaligen Erfahrung, in meinem damaligen Alter konnte ich es nicht besser wissen, konnte ich es nicht besser machen. Der Betreffende könnte dann auch ein wenig milder, ein wenig verständnisvoller auf sich selbst zurückschauen. Vielleicht könnte er sich sogar die eine oder andere Entscheidung, die sich später als falsch erwies, verzeihen.

Sich selbst loslassen

In unserem ganzen Leben geht es darum, daß wir loslassen und vieles hinter uns lassen müssen. Insbesondere im Alter aber muß der Mensch sehr vieles hergeben.

Viele alte Menschen reagieren darauf so, daß sie noch mehr an etwas festhalten. Die Angst, nun alles zu verlieren, ist angesichts der vielen Verluste im Laufe des Altwerdens verständlich. Der alte Mensch klammert sich dann an dem fest, was eigentlich schon vorbei und vergangen ist.

Dieser Kampf gegen das Loslassen, das Verharren und Festklammern macht starr, hart und unbeugsam. Man kann zwar das Loslassen ein wenig hinausschieben, doch dies nur um den Preis eines kräftezehrenden sinnlosen Kampfes. Denn eines ist so sicher wie der Tod: Diesen oft starrsinnigen Kampf kann der alte Mensch nur verlieren.

Davon erzählt die Geschichte von den drei alten Bäumen:

Die drei Buchen standen schon viele Jahre an einem Wegesrand. Zusammen waren sie alt geworden; sie hatten Wind und Regen gemeinsam getrotzt; manches Gewitter hatten sie überstanden. Viele Sommer und viele Winter hatten sie erlebt, das Aufbrechen der Knospen und das Wachsen der Blätter im Frühling, das Gelbwerden und Fallen der Blätter im Herbst.

Wieder stand ein Herbst bevor. Bei zwei Buchen waren die Blätter schon gelblich geworden. Bei der dritten Buche aber waren die Blätter fast alle noch grün. »Dieses Mal«, so sagte sie, »möchte ich meine Blätter behalten.«

»Warum willst du das?« fragten die anderen beiden Bäume.

»Ich habe schon so oft meine Blätter hergegeben. Jetzt bin ich so alt, wer weiß, ob ich noch einmal Blätter haben werde. Ich will die jetzigen lieber behalten.«

»Du widersetzt dich der Natur«, entgegneten die anderen, »das wird nur Unglück bringen!«

»Ach, wohin denkt ihr nur«, war die kurze, ein wenig beleidigte Antwort.

Bei den beiden Buchen fielen langsam alle Blätter auf den Boden. Bald ragten ihre Äste kahl gegen den Himmel. Bei der dritten Buche blieben die Blätter bis in den späten Herbst hinein grün; kaum eines sank zu Boden.

Die Menschen wunderten sich über diesen Baum. Viele kamen von weit her, um das Wunder der grünen Buche zu sehen.

Doch dann kamen Herbstwinde. Eines Tages

fuhr ein heftiger Sturm in die drei Bäume. Bei den beiden ersten konnte der Wind frei hindurchwehen. Bei der grünen Buche aber verfing sich der Sturm in den Blättern. Mit Macht zerrte er an den Ästen der grünen Buche. Nochmals brauste eine starke Böe herbei – dann splitterte und krachte es. Der grüne Baum wurde niedergerissen und lag am Boden.

»Hätte er doch seine Blätter losgelassen«, sagten übereinstimmend die beiden anderen Bäume. Beide brachten in noch so manchem Frühling wieder grüne Blätter hervor. Sicherlich: es waren weniger als in jungen Jahren, vielleicht waren sie auch nicht mehr so kräftig in ihrem Grün – aber immer noch spendeten sie im Sommer müden Wanderern erquickenden Schatten.

Es ist für uns schwer zu verstehen: Im Loslassen und Hergeben kann Segen liegen. Wir sehen oft nur das Traurige daran. Doch wer etwas hergibt, der kann leichter weitergehen und aufatmen.

Wer kennt nicht das Märchen von Hans im Glück? Den großen Lohn tauscht er gegen zunehmend weniger wertvolle Tiere und Dinge um. Am Schluß gelangt er mit leeren Händen in seiner Heimat an und er ist glücklich dabei.

Könnte auch der alte Mensch das sagen: Ich

komme am Ende meines Lebens mit leeren Händen, aber glücklich nach Hause? Ich brauche nichts mitzubringen: kein Geld, keinen Besitz, keinen Titel – nur meine leeren Hände. Und dennoch werde ich eingelassen. In das Haus der ewigen Stadt Gottes.

Ich kann die Dinge, aber auch die Menschen meines Lebens zurücklassen. Damit löse ich mich aus dem Leben und von der Schwerkraft der Erde, die uns dort zurückhalten will. Wenn ich loslasse, kann ich leichter gehen. Denn nun steht dem alten Menschen eine noch schwerere Aufgabe, ein noch größeres Loslassen bevor: Mit seinem Sterben muß er sich selbst loslassen. Das berührt eine zentrale Angst des Alters: Ich werde mich im Sterben in den Tod selbst verlieren. Mein Ich, meine Person wird sterben.

Aber auch das geschieht nicht ohne Sinn. Davon erzählt folgende Geschichte:

Vor langer Zeit lebten die Bewohner eines Dorfes an einem Bach. Dieser Bach führte im Winter und Frühling sehr viel Wasser. Im Sommer wurde er zu einem schmalen Rinnsal. Im Dorf wurde das Wasser knapp; manches Feld drohte zu verdorren. Dennoch mußte niemand wirklich Durst leiden. Die Bewohner des Dorfes hatten sich auf diese Zeit eingerichtet.

Da wollten einige jüngere Männer des Dorfes einen Staudamm bauen. Vorher aber befragten sie die weise alte Frau am Rande des Dorfes. Sie wiegte bedenklich ihren Kopf und sagte nach langem Schweigen schließlich: »Laßt ab von eurem Tun. Was fließt, darf man nicht festhalten.«

Doch die jungen Männer folgten nicht dem Rat der Frau. Und so schichteten sie Stein auf Stein. Bald war eine Staumauer errichtet. Das Wasser des dünn gewordenen Baches sammelte sich zu einem kleinen Teich. Das ganze Dorf freute sich mit den Erbauern. Jeder konnte nun Wasser im Überfluß holen.

Nach einigen Tagen aber hatte sich das Wasser in der Sommerhitze erwärmt. Es hatte seine Frische verloren. Bald war es schlecht und schmeckte faulig. Enttäuscht standen die Leute um den Teich. Und wieder wurde die alte Frau um Rat gefragt.

»Laßt das Wasser wieder fließen«, sagte die Alte. »Das Wasser will zum großen Meer. Auf seinem Weg dorthin bringt es Segen.«

Das Wasser erfüllt seinen Sinn, indem es sich verströmt. Es bringt Pflanzen hervor, indem es sich in die Erde hineingibt. Segen bringt das Wasser, indem es sich im immerwährenden Fließen selbst verliert.

Auch unser ganzes Leben gleicht diesem Verströmen. Wir erhalten unser Leben mit der Geburt geschenkt, um es dann sogleich hineinzugeben in den großen Strom allen Lebens. Ja, wir sind nur ein kleiner Teil des großen Lebensstromes. Der Theologe und bekannte Urwaldarzt Albert Schweitzer beschreibt das so: »Wir sind Leben inmitten von Leben, das leben will.« Für einen kurzen Moment – der unser Leben darstellt – sind wir als Person da, um dann wieder im Fluß der Zeit zu versinken.

Bei allen Umwegen, die das Wasser nimmt, will es nur eines, hat es nur das eine große Ziel: Es will in die großen Meere zurückfließen. Es wird immer irgendwann ans Ziel kommen und sich in das große Wasser ergießen.

Und genau das ist die letzte große Aufgabe des Menschen: Er muß sein kleines Ich, seine Person hergeben. Im Sterben gibt er sich in etwas Größeres hinein, so wie alles Wasser zurückfließt in die unendlich großen Ozeane. Sein Leben so ausströmen zu lassen, kann, wer im Glauben weiß, daß er dabei nicht verloren ist.

Darum fordern die Ängste des Alters den Menschen heraus, seinen Glauben zu entdekken, ihn für sich zu formulieren und ihn immer wieder neu einzuüben.

Im Angesicht des Todes, der letzten Schwelle des Lebens, erblickt der Mensch einen weiteren Horizont. Er ahnt intuitiv, daß die bekannten Antworten nun versagen. Weiterreichende Antworten braucht er jetzt.

Das ist der Grund dafür, daß in vielen älteren Menschen der Glaube neu wach wird. Es braucht sich niemand dafür zu schämen, daß er vielleicht erst jetzt wieder den Glauben neu entdeckt. Niemand braucht sich Vorwürfe zu machen, wenn er lange Zeit Gott vergessen hatte.

Angesichts des Todes kann der Mensch Gott neu und in einer tieferen Weise verstehen. Er ist das Größere, das alles umfaßt. Er reicht über unseren Tod hinaus. Er hält alles zusammen. »Er hat die ganze Welt in der Hand«, so singen die schwarzen Christen Amerikas in einem ihrer bekannten Gospels.

Wir können uns Gott in einem Bild als zärtliche, aber starke Hand vorstellen. Sie hält alles, die ganze Welt, mein ganzes Leben. Sie fängt mich auch auf, wenn ich in das Dunkle des Todes falle. Das beschreibt wieder ein Herbstgedicht. Rainer Maria Rilkes Verse lauten:

Wir alle fallen. Diese Hand da fällt.
Und sieh dir andre an: es ist in allen.
Und doch ist Einer, welcher dieses Fallen
unendlich sanft in seinen Händen hält.

Das Fallen wird hier nicht verschwiegen. Aber im Glauben ist es kein Fallen in den Abgrund und in die Leere. Wir sind im Fallen und im Sterben gehalten. Das Kind kann sich fallen lassen, weil es weiß, daß die Arme von Mutter oder Vater stark und zuverlässig genug sind. Glaube ist nichts anderes als dieses Urvertrauen in eine größere oder stärkere Macht.

Auch unser Hoffen und Sehnen, unser Bitten und Beten, unser Rufen und Schreien verhallen nicht im Leeren. Gott ist uns ein Gegenüber, das für uns da ist, das uns begegnen will. Er ist für uns das ewige Du, das auch in unserem Sterben gegenwärtig ist.

Gott ist nicht der Wundermann, der alle Not, alle Schmerzen, alle Krankheit des Alters einfach wegräumt. Er nimmt uns auch nicht einfach die Angst vor dem Sterben. Aber er ist der, der uns zugesagt hat: »Ich bin bei euch alle Tage bis an der Welt Ende« (Matthäus 28,20).

Auch an meinem letzten Tag, am Ende meines Lebens ist Gott mir nahe. Er ist und bleibt das mir zugewandte ewige Du.

Im Psalm 139 heißt es:

»Von allen Seiten umgibst du mich
und hältst deine Hand über mir.
Führe ich gen Himmel, so bist du da;
bettete ich mich bei den Toten,
siehe, so bist du auch da.«

Dieser Psalm beschreibt das Unbeschreibliche, glaubt das Unglaubliche: Gott geht mit uns in den Bereich des Todes. Auch dort ist er mit seiner unendlichen Schöpferkraft. Es gibt keinen Bereich unseres Lebens, auch nicht das Sterben und den Tod, in dem Gott nicht da wäre.

Die Zustimmung in das Kommende

So kann der alte Mensch nun dem entgegenschauen, was ihn am Ende des Lebens erwartet. Dabei fällt sein Blick auf das Sterben und den Tod. Beides wird unumstößlich kommen. Es läßt sich nicht leugnen.

Man könnte nun voller Angst warten. Gebannt und gelähmt zugleich könnte der alte Mensch auf den Tod starren, so als gäbe es nichts anderes. Dann erschiene der Tod als eine dunkle, bedrohliche Gestalt, der der Mensch allein ausgeliefert wäre. Deshalb kommt alles darauf an, diese Gestalt nicht durch die Todesangst groß zu machen. Zwar können wir den Tod nicht beiseite schieben, wir können auch nicht über ihn hinausschauen, aber wohl über ihn »hinausglauben«. Für den Glaubenden ist der Tod lediglich der, der das Leben beendet – erwartet werden wir aber von einem ganz anderen, von einem Größeren.

Eine ältere Frau träumte dazu folgendes: »Ich sitze in einem Gasthof allein an einem Tisch. Ich bin ganz ruhig und zufrieden. Gegenüber sitzt ein mir unbekannter Mann. Sonst sehe ich keine Gäste, auch keinen Gastwirt.

Der Mann spricht mich an und sagt: Komm mit, ich will dir etwas zeigen!

Wie bezaubert stehe ich auf, und er führt mich in der Dunkelheit zu einer Gondel, wie ich sie in Venedig gesehen habe. Ohne zu rudern, nur mit einer einzigen Handbewegung stößt der Mann die Gondel an. Sie fährt lautlos durch den Wasserkanal. Links und rechts stehen wunderschöne, alte Häuser. An ihnen sind brennende Fackeln angebracht. Aha, denke ich. Wir sind in Venedig. Jetzt bemerke ich auch, daß da ein großes Fest stattfindet. Festlich gekleidete Menschen, meist mit Masken, bewegen sich in den Gassen vor den Häusern. Ich lasse mich von der Atmosphäre anstecken.

Der Mann neben mir in der Gondel spricht kein Wort.

Dann wache ich auf. Ich denke noch, der Traum war eigentlich unheimlich und beglükkend zugleich. Ich bin innerlich ganz ruhig.«

Erst im Gespräch wurde der Träumerin klar, daß diese Männergestalt der Tod war. Sie war erstaunt, wie sie einfach mit dem Mann mitging. Angst oder Panik hatte sie überhaupt nicht. Ihr wurde klar, daß sie sich nicht gegen ihren Tod wehren muß, zumal sie zu einem großen Fest geführt wurde.

Der Traum war das Ergebnis einer intensiven Auseinandersetzung: Sie hatte sich schon länger mit ihrem Älterwerden und dem Sterben befaßt. Obwohl sie noch sehr aktiv im Leben stand, hatte sie sich mit der Begrenzung ihres Lebens und mit dem Tod angefreundet.

Wer dem, was kommt, zustimmt, braucht keine Angst mehr davor zu haben. Es ist eine unserer letzten Aufgaben, den folgenden Satz sprechen zu lernen: »Was kommen will, das darf kommen. Ich bin bereit.«

Wann immer es uns gelingt, mit dem Kommenden einverstanden zu sein, weichen unsere Ängste. Wenn es eine Lösung für Ängste gibt, dann diese: die Zustimmung in das Kommende.

Deshalb ist es so wichtig, sich vom Vergangenen zu verabschieden und das Leben loszulassen: Ich kann mich dann in das Kommende hingeben. Ich kann mich fallenlassen und geschehen lassen, was das Leben von mir will. Ich kann mitgehen.

Wohin gehen wir? Das fragt der Dichter Novalis und gibt sogleich die Antwort: immer nach Hause. So dunkel, so verschlungen die Wege eines Menschen sein mögen, sie führen doch immer nach Hause. Jeder Schritt, und sei es der letzte, bringt den Menschen nach Hause.

Das ist ein sehr tröstliches Bild: Nach langer Lebensreise führt der Weg in die Heimat. Das Sterben ist dann die Tür zu dem Haus, in dem das Herz des Menschen zur Ruhe kommt.

Der Schlußvers des bekannten Psalms 23 über den guten Hirten heißt: »Und ich werde bleiben im Hause des Herrn immerdar.«

In der Geborgenheit dieses Hauses gibt es keinen Grund zur Sorge und Angst mehr. Denn »wir werden satt von den reichen Gütern des Hauses Gottes. Und du Gott, tränkst uns mit Wonne wie mit einem Strom« (Psalm 36).

Damit schließt sich der Kreis unseres Lebens: Kommen wir als Embryo und Säugling aus der Geborgenheit und dem Schutz, so kehren wir nun wieder in diese Sphäre zurück.

Die Rückkehr in die Heimat, in das Haus

Gottes ist das eine Bild von dem, was am Ende des Lebens auf den Menschen zukommt.

Es gibt noch ein zweites Bild, das eine andere Hoffnung beschreibt. Es scheint fast im Widerspruch zum ersten Bild zu stehen.

Im Sterben eröffnet sich uns eine große Weite. Wir treten hinaus in neue Räume. Hermann Hesse beschreibt das in seinem Gedicht »Stufen«:

»Es wird vielleicht auch noch die Todesstunde
Uns neuen Räumen jung entgegen senden,
Des Lebens Ruf an uns wird niemals enden...
Wohlan denn Herz, nimm Abschied und gesunde!«

Unser Tod ist Durchbruch und Aufbruch in unbekannte, offene Räume. In Psalm 31 heißt es: »Du, Gott, stellst meine Füße auf weiten Raum.«

Der Mensch wird nun frei von den Ketten des Leibes und seiner Ängste, er wird frei von der Schwerkraft der Erde und des Lebens, er ist aller Fesseln und Banden ledig.

Eine bettlägrige, halbseitig gelähmte Frau feierte ihren 90. Geburtstag. Die Gäste standen oder saßen um das Krankenbett. Die Frau erzählte, daß nachher noch der Vikar kommen werde. Sie habe sich bei ihm ein Lied gewünscht, das er ihr zur Gitarre singen wolle. Die Gäste tippten auf verschiedene Kirchenlieder. Ein wenig verschmitzt lächelte die Alte und sagte nur: »Laßt euch überraschen!«

Als der Vikar dann das ganz und gar nicht kirchliche Lied des bekannten Chansonniers Reinhard Mey vortrug, hörten alle gespannt zu:

»Über den Wolken
muß die Freiheit wohl grenzenlos sein,
alle Ängste und Sorgen sagt man,
seien darunter verborgen und dann...«

Am Ende des Liedes schauten sich die Geburtstagsgäste aber ein wenig betreten an. Eine Schwester der Frau fragte schließlich, warum sie sich gerade dieses Lied gewünscht habe. »So stelle ich mir den Himmel vor«, erwiderte die ans Bett gefesselte Frau, »und in den werde ich hoffentlich bald kommen.«

Es dauerte noch eine Weile, bis die Anwesenden sich wieder faßten. Schnell suchten sie nach anderen Gesprächsthemen. Ganz verstanden hatten sie die alte Frau nicht. Die aber lag in ihrem Bett und schaute mit einem Augenzwinkern den Vikar an.

Ans Bett gefesselt, spürte die alte Frau, die dieses Lied irgendwo bei eine Wunschsendung im Radio gehört hatte, daß das Fliegen über den Wolken ein Gleichnis für ihre Sehnsucht war.

Ganz unverkrampft wird in diesem Lied das alte Symbol vom Himmel aufgegriffen. Der Himmel ist das Reich der Freiheit, der grenzlosen Weite und der unendlichen Leichtigkeit.

Das Sterben und der Tod ist das Tor zur Freiheit. Diese Freiheit, so schreibt Dietrich Bonhoeffer in seinem Gefängnistagebuch, werden wir sterbend im Angesicht Gottes erkennen. Das Leuchten seines Angesichtes über uns schenkt uns den Geist der Freiheit.

Darum konnte Bonhoeffer im Gefängnis dem Tod entgegengehen und ihn bitten:

»Komm nun, höchstes Fest auf dem Wege zur ewigen Freiheit.«

Und in dieser Freiheit – so könnte man hinzufügen – gibt es keine Ängste mehr.

Der Autor

Roland Kachler, geboren 1955, Pfarrer und Diplom-Psychologe. 1976–1984 Studium der evangelischen Theologie und der Psychologie; 1984–1986 Vikariat und Ausbildung zum Psychotherapeuten. 1986–1990 Ehe-, Familien- und Lebensberatung und Begleitung psychisch Kranker an der Diakonischen Bezirksstelle in Ludwigsburg.
Seit 1990 Leiter der Psychologischen Beratungsstelle für Kinder, Jugendliche und Eltern und für Ehe- und Lebensberatung des Evangelischen Kirchenbezirks Esslingen.
Im Quell Verlag erschien von ihm das Buch »Wege aus der Wüste – Mit Elia Krisen durchleben« (1993).